Passé ou futur ?

Yves MORIN

Yves Morin

Passé ou futur ?

Science-fiction

Ce livre est une œuvre de fiction. Les noms, les personnages et les événements sont le fruit de l'imagination de l'auteur et toute ressemblance avec des personnes vivantes ou ayant existé serait pure coïncidence.

Éditeur : Yves Morin
ISBN format de poche français : 978-2-9819854-6-0
ISBN format de poche anglais : 978-2-9819854-7-7
ISBN PDF Français: 978-2-9819854-4-6
ISBN papier Français: 978-2-9819854-0-8 (2 ème édition)
ISBN 978-2-8231-0631-2 (1 ere édition 2013 Édition Persée)
ISBN ePub Anglais: 978-2-9819854-1-5
ISBN papier Anglais: 978-2-9819854-2-2
ISBN PDF Anglais: 978-2-9819854-5-3
ISBN ePub Français: 978-2-9819854-3-9

Dépôt légal: 2013 pour la première édition. Les éditions Persée
Dépôt légal : 2021 pour la deuxième édition. BAnQ
Bibliothèque et Archives nationales du Québec
Bibliothèque et Archives nationales du Canada

Pour tout contact : Yves Morin via yvesmorin03@gmail.com

CHAPITRE 1

ANTOINE

— Pourquoi ne viendrais-tu pas avec nous samedi prochain ? On pourrait faire des sauts avec nos bicyclettes.

— Je ne sais pas si mes parents vont vouloir. Tu sais, ils n'ont pas apprécié l'autre soir, lorsque tu es venu coucher chez moi et que nous avons joué sur le Xbox jusqu'à 4 heures du matin.

— Mais ils savent bien qu'il n'y a qu'une seule chambre dans notre chalet et que mes parents nous entendraient si nous devions rester éveillés toute la nuit.

— Je vais leur demander. Tu sais Antoine, si jamais mes parents me laissent aller à votre chalet, j'aimerais bien que tu me laisses décider un peu.

Antoine était un jeune garçon de 15 ans, les cheveux roux et la face pleine de taches de rousseur, il aimait bien avoir le contrôle sur tout, y compris sur David qui le dépassait d'une tête et demie. David qui était du même âge, connaissait très bien ce trait de caractère de son ami, mais s'en accommodait bien pour le moment ; parce qu'il s'amusait ferme avec Antoine, qui débordait d'imagination. Les parents d'Antoine possédaient un chalet sur le bord du lac Memphrémagog, un endroit de villégiature très recherché même par nos voisins américains. Antoine répondit alors :

— C'est chez moi, c'est moi qui décide.

— Tu décides de nos activités même lorsque tu es chez moi, répondit David. Je vais demander à mes parents, à la seule condition que tu me laisses décider de ce qu'on fera.

Antoine réfléchit quelques secondes et se dit qu'il arriverait bien à faire ce qu'il voulait une fois sur place.

— OK, il n'y a pas de problème, on fera ce que tu voudras.

Le soir même, David demanda à son père s'il pouvait passer la fin de semaine à Magog.

— Il n'en est pas question, on t'a fait confiance la semaine dernière et regarde ce que ça nous a rapporté. Tu as vu l'allure que tu avais à la fête en l'honneur de ta grand-mère, tu bâillais à t'en décrocher la mâchoire en plus de t'endormir sur le fauteuil immédiatement après le souper. Tu vois ce que ça fait de passer une nuit blanche ! Alors je ne crois pas que ça mérite une récompense. Est-ce que je me trompe ?

— Je savais bien que tu dirais non. J'avais dit à Antoine qu'il était tard et qu'il devrait dormir. Il me répétait toujours, juste une autre et après, je dors.

— C'était à toi d'imposer les règles, si tu ne peux avoir le contrôle des agissements de tes amis lorsqu'ils sont ici, alors ils ne viendront plus.

Jean-Louis Clément était un homme de 40 ans qui travaillait au bureau des brevets. Il effectuait les recherches lorsqu'il y avait une nouvelle demande de brevet d'invention. David pensait que l'emploi de son père était le plus cool qu'il y ait sur la terre. Toutes ces inventions aussi ingénieuses les unes que les autres, et c'était son père, qui en autorisait la protection. Jean-Louis ne pouvait révéler à son fils les détails des nouvelles créations avant leur mise en marché. Par contre, David apprenait souvent la sortie d'une nouvelle trouvaille avant même son arrivée dans les magasins.

— Est-ce qu'il y a quelque chose que je puisse faire pour obtenir la permission ?

— La confiance, ça se gagne David, pour cette fin de semaine, oublie ça.

En mentionnant cette phrase, Sylvie, la mère de David entra du travail. Ayant entendu les deux derniers mots seulement, elle dit :

— Oublie quoi ?

— Ton fils voulait aller passer la fin de semaine au chalet d'Antoine.

— Je suis d'accord avec ton père David, oublie ça. Tu n'avais qu'à y penser avant. On vous a entendu jouer toute la nuit vendredi dernier.

— OK, OK, j'ai compris, je le savais, je l'avais déjà dit à Antoine de toute façon.

— Tu vois bien, même toi, tu savais qu'il y avait quelque chose d'anormal dans ta conduite. De toute manière, ton père va avoir besoin de toi en fin de semaine pour faire les rénovations du sous-sol.

Sachant qu'il ne pourrait inverser la décision, David gravit les escaliers menant à sa chambre et mentionna qu'il avait des devoirs. Après avoir fermé la porte, il prit le téléphone et composa le numéro de son ami. Ce dernier répondit à la deuxième sonnerie.

— Veux-tu que je leur parle ? Je suis certain qu'ils changeraient d'idée.

— Non, il n'en est pas question, j'ai assez de problèmes ainsi. Ce n'est pas grave, on se reprendra la semaine prochaine. De toute façon, je crois qu'il annonce de la pluie pour samedi et dimanche.

David raccrocha le combiné et commença à faire ses devoirs de mathématique. Dans la cuisine, Sylvie et Jean-Louis parlaient de David. Sylvie dit :

— Tu sais, je trouve ça pénible de le punir lorsque je sais très bien que ce n'est pas lui le responsable.

— Je sais, mais je lui ai dit qu'il devait avoir le contrôle des agissements de ses amis lorsqu'ils étaient ici. Il doit être plus ferme, surtout avec Antoine. Je l'aime bien, Antoine, mais… il y a des fois où je lui mettrais bien mon pied quelque part.

— Moi aussi, mais David semble l'apprécier beaucoup.

— Pas tant que ça. L'autre jour, David m'a dit qu'il commençait à en avoir assez des caprices d'Antoine, qu'il agissait comme si c'était lui le boss sur tout le monde.

— C'est exactement l'image que je me fais de lui, dit Sylvie. Je suis contente que David s'en aperçoive. Tu sais, je crois, que David a beaucoup d'intuition pour ces choses-là. Tout comme Melody d'ailleurs.

Melody est la sœur de David, de deux ans sa cadette, très grande pour son âge. Melody est une jolie jeune fille qui réussit bien à l'école, tout comme son frère. Mais elle y met plus de sérieux.

Le lendemain matin, David alla rejoindre son père dans le sous-sol de la maison. Jean-Louis avait déjà commencé à poser le Placoplatre au plafond avec l'aide de Sylvie. Lorsqu'il arriva au bas des marches, David aperçut sa mère qui tenait le panneau de 4X8 sur sa tête pendant que son père plaçait un immense morceau de 2 par 4 qu'il avait cloué en forme de T pour tenir l'autre bout du panneau de gypse.

— Vite vite viens m'aider, j'ai mal aux bras dit Sylvie.

David, qui mesurait déjà un mètre quatre-vingt-cinq malgré ses 15 ans, alla prendre la place de sa mère pendant que Jean-Louis finissait de soulever le panneau à l'aide du T.

— Pourquoi as-tu mal au bras, tes livres de mathématique ne sont pas assez pesants ou c'est parce que tu les fais porter par tes élèves de 5e année ?

— Très drôle, on verra bien ce que tu diras à la prochaine feuille.

Une fois l'instrument installé, le panneau se maintenait presque seul au plafond. Jean-Louis vissa une douzaine de vis puis enleva le T qui retenait la feuille au plafond.

— Qui t'a montré à faire tout ça ?

— Tout, quoi ?

— Poser le gypse, faire un T de ce style, faire toutes les rénovations, quoi ?

— Personne, j'ai appris en essayant et je me suis acheté des livres sur les rénovations. L'idée du T vient justement d'un de ces livres. Tu sais, on peut tout faire ou presque dans la vie, il faut juste essayer pour le savoir. Connais-tu l'expression, on apprend de ses erreurs ?

— Oui

— Est-ce que tu sais ce que ça veut vraiment dire en pratique ?

— Je crois oui, ça veut dire qu'on ne devrait pas répéter deux fois la même erreur.

— Oui c'est ça, et bien pour apprendre à faire des choses que tu n'as jamais faites auparavant, il y a deux façons, la première c'est de regarder une personne le faire et la deuxième, c'est de le faire soi-même. Mais si tu décides d'essayer la deuxième méthode, tu dois te préparer un minimum. Moi j'étudie les techniques dans un livre. Si j'ai des doutes, je demande à quelqu'un autour de moi, s'ils ont déjà fait ce genre de travaux et comment s'y prennent-ils ?

CHAPITRE 2

LE NSPSS

L'engin venait tout juste de traverser l'Astron (trou noir). Du hublot, on pouvait très bien apercevoir la planète bleue. Malgré sa troisième expérience similaire, Alex ne pouvait se faire au changement de zone temporelle. Olivier, le commandant du vaisseau, venait tout juste d'enclencher le commutateur d'invisibilité. Il s'agissait d'un émetteur holographique qui projetait l'image qui se trouvait tout le tour du vaisseau et la projetait. Ce qui avait pour effet de faire disparaître complètement le vaisseau. Un autre appareil émettait à la perfection les ondes des rayons solaires. Au sol, les tours de surveillance ne percevaient que des ondes qu'ils croyaient provenir d'une explosion solaire. C'était le père d'Alex qui avait eu l'idée de cette invention. Ceci évitait aux nouveaux visiteurs de quitter la planète une heure après leur arrivée. La S.S.E.S (la section de surveillance des engins spatiaux) créée en 1949 s'était beaucoup améliorée dans les années 2000 et ne mettait qu'une heure à localiser et envoyer une équipe sur les lieux des atterrissages. Combien de fois le père d'Alex avait dû partir en catastrophe ! Une fois, il avait même laissé derrière lui, un trilium, un appareil servant à détecter et localiser tout minerai avec une précision au centimètre près. Ce qui avait dû causer tout un casse-tête au savant de la SSES.

Alex savait qu'il pouvait être très dangereux de passer le trou noir, son père était demeuré presque une année prit en 1910, suite à un mauvais calcul et à un bris d'équipement.

Comme la technologie n'était pas assez avancée, il avait dû confectionner une nouvelle pile nucléaire à l'aide du plutonium qu'il avait localisé et traité avec les moyens du bord. Heureusement, il avait pris l'habitude de toujours apporter son trilium avec lui, ce qui lui avait permis de localiser facilement le plutonium, ainsi que de l'or, pour subvenir aux besoins de son copilote et de lui-même pendant cette année. Olivier avait adoré l'expérience, il avait avoué à Alex qu'il avait quand même eu peur de ne plus pouvoir revenir en l'an 2200.

Le premier voyage temporel d'Olivier avait eu lieu il y a 4 ans déjà. Olivier se souvenait encore de l'interrogatoire qu'il avait subi de la part des agents de la fédération de défense de la zone terrestre. Comme suite à sa disparition des écrans radars, il avait été arrêté aussitôt son arrivée sur le sol. Les agents avaient finalement accepté l'explication d'Olivier voulant que son copilote manquant d'expérience eût enclenché le système d'invisibilité, ce qui était strictement interdit par la fédération de défense. Ce règlement avait été imposé suite à plusieurs accidents impliquant des NSPSS (navette spatiale personnelle de niveau système solaire), qui avaient utilisé le système sans aucune précaution. Comme le vaisseau n'avait disparu des écrans qu'une fraction de seconde, les agents avaient libéré Olivier sans autre condition. La fédération ne pouvait se douter que le père d'Alexandre avait fait un bond dans le temps de plus de 200 ans. Par chance, le système de positionnement avait pris en note l'entrée exacte du NSPSS, ce qui avait permis par la suite d'établir que le point d'entrée correspondait exactement aux zones temporelles visitées. Comme une horloge, l'endroit d'entrée représentait des années, mais Olivier ignorait encore l'étendue de ces années et il ne connaissait qu'un aperçu du cercle extérieur, mais il y avait encore tout l'intérieur du cercle.

Olivier n'avait pas voulu révéler ce secret aux autorités, sachant bien qu'une certaine section du gouvernement se servirait de ce secret à des fins personnelles et pécuniaires. Seul Étienne, son copilote ainsi qu'Alexandre étaient au courant de sa découverte.

Olivier avait découvert les extraordinaires propriétés de l'Astron lors d'une panne du système de propulsion latérale de son NSPSS. Même en 2200, personne n'aurait pensé qu'il existait réellement, une façon de revenir d'un trou noir. La force gravitationnelle étant si forte qu'il semblait impossible de revenir. Mais le vaisseau d'Olivier avait quelque chose de plus que les autres… Il avait un champ magnétique amplifié par 100. Olivier avait réussi à modifier le champ magnétique de son vaisseau grâce à une autre de ses inventions. Cette augmentation phénoménale du champ magnétique permettait au vaisseau d'atteindre des vitesses impossibles à imaginer, même pour les gens vivant au 23e siècle.

Alexandre aspirait à devenir aussi brillant que son père, il s'intéressait à tout ce qu'Olivier fabriquait. Ce dernier était un savant respecté de tous. En plus du trilium et de l'appareil servant à augmenter le champ magnétique qu'Olivier avait nommé le magnétex, il avait une trentaine d'inventions à son actif. Alexandre se montrait également très prometteur malgré ses 16 ans. Il avait d'ailleurs aidé son père dans l'élaboration de l'émetteur, servant à imiter les ondes solaires.

CHAPITRE 3

L'ACCIDENT

David venait juste de terminer de visser le dernier panneau de gypse, comme son père lui avait demandé. Son travail pour la journée était donc fini. Il avait le temps, avant la noirceur, d'aller dans le sentier de vélo tout terrain à Melbourne. Il avait découvert ce sentier avec Antoine lors d'une de leurs nombreuses randonnées de découverte. Melbourne était un joli petit village anglophone situé à proximité de Richmond, ou habitait David. Richmond était une petite municipalité de 5 000 habitants et dont la population était au quart anglophone.

David enfourcha son vélo et traversa le pont qui séparait la ville de Richmond de Melbourne. Il aimait ce pont de métal, il se souvenait très bien de la sensation qu'il éprouvait lorsqu'il était au milieu du pont et que ce dernier se balançait de haut en bas sous le poids de gros camion traversant le pont. Maintenant, les camions étaient interdits depuis plus de 10 ans, sur ce pont plus que centenaire. Une fois le pont traversé, il y avait une immense côte à gravir. David se faisait un plaisir fou à monter cette colline sans arrêter. Il lui arrivait souvent de dépasser d'autres cyclistes qui marchaient à côté de leurs vélos. Une fois au haut de la colline, il empruntait un petit sentier face au terrain de golf de Melbourne. Le sentier était une piste de ski de fond en hiver, ce qui expliquait qu'il était si bien entretenu. David appréciait particulièrement les collines qu'il dévalait à toute vitesse. Aujourd'hui, il voulait explorer le côté est de la forêt. Alors il bifurqua à droite à la fourche du diable et emprunta un sentier qui lui était inconnu. Après 10 minutes, il se retrouva tout près d'une clairière, le sentier traversait cette zone et entrait dans un nouveau boisé, il vit une annonce clouée sur un arbre qui indiquait « Melbourne Valley ».

Il pénétra dans le bois et se retrouva au haut d'une immense descente, il dévala la pente à toute vitesse avec une assurance incroyable. David pratiquait le vélo de montagne depuis qu'il avait 7 ans, il avait acquis une expérience enviable. Au bas de la pente se trouvait un immense tronc d'arbre qui avait dû se briser lors de la dernière tempête qui s'était abattue sur la vallée la semaine dernière. Ce tronc se trouvait maintenant au travers du sentier et David malgré toute son expérience ne put l'éviter. Il heurta le tronc à toute vitesse, sa roue s'écrasa sous l'impact et il fut projeté à plus de 3 mètres dans les airs. Sa tête heurta un arbre et il tomba par terre inconscient.

Le vaisseau allait bientôt entrer dans l'attraction terrestre et Olivier avait déjà ciblé sa destination. Il faut dire qu'à la vitesse de la lumière, il valait mieux savoir où l'on voulait aller.

En effet, le Nspss pouvait voler, à plus de 350 0000 km/secondes, ce qui représentait un aller-retour à la lune en moins de 2 secondes. La lune étant un peu plus de 300 000 kilomètres de la terre. Le champ magnétique du vaisseau permettait d'atteindre cette vitesse sans que les occupants du vaisseau soient importunés par la pression ou par le vieillissement causé par la vitesse de la lumière.

Que de possibilités s'étaient soudainement offertes à Olivier, lorsqu'il avait découvert les effets de son magnétex. Tout comme les propriétés de l'Astron, il avait cependant gardé le secret.

La destination du vaisseau était un petit endroit isolé de l'Estrie, appelé Melbourne Valley, l'année 2010. Olivier avait relevé la présence d'une immense nappe de pétrole dans cette région et il voulait masquer cette présence avant qu'elle ne soit découverte. Alexandre ne comprenait pas les intentions de son père avant que ce dernier ne lui explique la raison de son action.

— Vois-tu Alexandre, nous avons exploité certaines ressources non renouvelables telles le pétrole, le charbon, les pierres précieuses, sans jamais nous soucier des conséquences de ce geste, mais cet emprunt à la terre à changer son balancement. Prends une pomme comme exemple, une pomme qui serait complètement ronde comme la terre. Prends 3 ou 4 grosses bouchées sur ta pomme, sans te soucier de les prendre également ou à des endroits spécifiques. Est-ce que tu crois que ta pomme roulerait de façon droite maintenant ?

— La même chose est arrivée avec la terre. Nous prenons des billions de tonnes de minerais de toutes sortes que nous extirpons de la terre à un endroit pour l'envoyer, souvent à l'autre bout du monde. Nous avons retiré du sol des trillions de billions de barils de pétrole. Par la suite, ce pétrole s'en va en fumée dans notre atmosphère. Les changements climatiques causent la fonte de la calotte glaciaire qui s'évapore lentement. Le poids de toutes ces ressources est aujourd'hui, soit manquant ou transféré à un autre endroit sur la planète, ce qui a eu comme conséquence de changer son axe. Causant tous les cataclysmes que nous connaissons actuellement en 2200. J'ai inventé un nouvel appareil qui réussit à masquer la présence de nappe de pétrole ainsi que certains minéraux convoités et qui imite une couche de roc, d'environ 100 mètres d'épaisseur sur un rayon d'un demi-kilomètre. Ce qui décourage n'importe quelle compagnie prospectrice. L'appareil fonctionne grâce à une pile atomique ayant une autonomie de mille ans.

Alexandre demanda à son père :

— Est-ce la première nappe de pétroles que tu masques ainsi ?

— Non, je crois que ça sera la 15e. Tu ne devineras jamais où fut la première.

Olivier regarda Étienne qui affichait un large sourire, se remémorant l'endroit.

— La première nappe était située sous la tour Eiffel. Nous avons placé l'appareil en 1885, avant la construction de la tour. Tu aurais dû voir Étienne habillé de sa redingote. Imagine si les Français savaient que la tour est construite sur le plus gros gisement de pétrole existant sur la planète.

Le vaisseau s'arrêta net à 1 mètre du sol. Il semblait maintenant flotter silencieusement dans les airs.

Olivier abaissa une manette qui fit sortir une passerelle qui toucha le sol. Alexandre fut le premier à l'extérieur. Comme il aimait se retrouver en pleine forêt. Il n'y en avait presque plus en l'an 2200. La bêtise humaine ayant exploité toutes les ressources naturelles à leur maximum. Il ne restait qu'une partie de la jungle amazonienne ainsi qu'une petite forêt en Colombie-Britannique. C'était maintenant les 2 seuls endroits sur la terre ou l'on pouvait retrouver des arbres naturels.

CHAPITRE 4

QUESTION DE VIE OU DE MORT

Olivier rappela à son garçon de ne pas s'aventurer trop loin et de ne pas faire contact avec les habitants de ce siècle. Alexandre fit quelques pas vers un petit sentier et vit un immense chêne. Il n'en avait jamais vu d'aussi grand. Il commença à grimper dans l'arbre qui dépassait tous les autres de la forêt d'au moins 5 mètres. À quelques mètres de la cime, il contempla la forêt sous ses pieds. Du regard, il pouvait suivre le petit sentier qui l'avait conduit jusqu'à l'arbre. Il voyait très bien le vaisseau ainsi que son père et Étienne qui s'affairaient à installer la foreuse au laser qui creuserait un tunnel pour installer l'appareil servant à masquer la nappe de pétrole. Alexandre suivit du regard le sentier dans l'autre direction et ce qu'il aperçut, lui fit battre le cœur à tout rompre. Approximativement à 150 mètres d'où il se trouvait, il y avait le corps d'un homme gisant par terre près d'un tronc d'arbre. À côté de lui se trouvait un vélo.

Alexandre observa le corps inerte et sortit un petit appareil ressemblant à une boîte de pilule en métal, il appuya sur le côté de la boîte et celle-ci se transforma en lunette à zoom bionique. Grâce à celle-ci, il pouvait voir la couleur des ailes d'un papillon à plus d'un demi-kilomètre. Il vit que le corps était celui d'un garçon possiblement de son âge et, soulagé, il aperçut le thorax du jeune garçon baisser et se relever à chacun de ses souffles. Mais il aperçut également une énorme tache de sang sur la chemise du garçon ainsi que sur le tronc d'arbre. Il descendit au bas de l'arbre à toute vitesse puis se dirigea au vaisseau en courant. Essoufflé, il se rendit près 20 d'Olivier. Ce dernier avait entendu les pas de course derrière lui et avait ordonné à Étienne de préparer le vaisseau pour un départ précipité.

— Papa, papa s'écria Alexandre, il y a un garçon inconscient tout près d'ici, il semble avoir eu un accident de vélo, il est peut-être gravement blessé.

— Calme-toi, est-ce que tu l'as observé avec tes lunettes ?

— Oui, et j'ai vu qu'il y avait beaucoup de sang.

— Est-ce que tu as vu la blessure ?

— Non, mais selon la disposition du corps, je crois qu'il s'est blessé à la tête.

Olivier alla au vaisseau et prit la trousse médicale. Il mentionna à Étienne ce qu'il en était et lui demanda de garder le vaisseau prêt à quitter et de bien masquer les traces laissées par le laser. Effectivement en 2200 on avait réussi à créer en laboratoire des semences instantanées de plusieurs variétés végétales.

Les deux hommes quittèrent l'astronef en courant dans le sentier qu'Alexandre avait suivi. Alexandre fut le premier arrivé au corps inerte de David. Il remarqua que David respirait toujours. Olivier arriva à bout de souffle, il sortit de la trousse, 2 objets essentiels au premier soin du garçon, soit ; une serviette aseptisée avec laquelle il épongea la blessure à la tête de David. Tout le liquide et les saletés semblaient attirer par ce mystérieux tissu. Même le sang séché sur le visage de David disparu comme par magie suite au passage de la serviette. Olivier, observa la blessure et prit le second objet, c'était une petite boîte métallique avec des contrôles électroniques sur le dessus, le dessous était fait d'un genre de caoutchouc-mousse de couleur blanche. Il approcha la boîte sur la blessure ouverte de

David, il appuya sur une image et une lumière vive apparut. Lorsqu'il enleva la boîte, la plaie était refermée et on remarquait à peine la cicatrice. Alexandre prit la serviette et la passa sur la chemise de David, le sang fut absorbé comme par magie et la chemise semblait immaculée. Il passa la serviette sur toutes les traces de sang qu'il pouvait observer. Olivier examina David des pieds à la tête et prit son pouls, puis il dit à Alexandre :

— Je crois que ça devrait aller, mais il devrait quand même passer un examen pour savoir s'il n'a pas une fracture du crâne.

Il rangea les deux items dans la boîte de premiers soins.

— On ne peut pas le laisser ici comme ça ?

— Mais non, mais il faut trouver un moyen de prévenir les services d'urgence de l'endroit. Nous apportons toujours des habits de l'époque où nous nous trouvons, alors je vais aller me changer et tenter de trouver un téléphone pour les prévenir.

Absorbés par leur discussion, Alexandre et Olivier n'avaient pas remarqué que David reprenait connaissance, il ouvrit les yeux en grimaçant et en se portant la main à la tête. Il remarqua les deux hommes qui discutaient entre eux. Alexandre vit David l'observer, il donna un coup à son père qui remarqua également David.

— Comment te sens-tu jeune homme ?

— Je crois que je me suis fracturé le crâne. J'ai très mal, on dirait que j'ai reçu un coup de masse. En se relevant la tête, il remarqua une flaque de sang sur le tronc d'arbre gisant à ses côtés. Il commença à paniquer et se tapota la tête en se regardant le bout des doigts à la recherche de la blessure ayant causé tout ce sang, mais il ne trouva rien. Il questionna les 2 individus du regard tout en essayant de se relever.

— Ne bouge pas, on ne sait pas encore l'étendue de tes blessures internes. Tu ne sembles pas avoir de fracture, mais mieux vaut ne pas prendre de chance.

Olivier demanda :

— Est-ce que tu as mal autre part qu'à la tête ?

— J'ai mal à tous les muscles de mon corps. Mais sauf pour la tête, je crois que ça peut aller.

— Est-ce que tu sens tes jambes ?

— Oui, regarde.

Tout en bougeant ses jambes. Olivier examina les bras de David en le levant doucement vers le haut et en appliquant une légère pression, puis il prit l'avant-bras et le bougea de haut en bas.

— Est-ce que ça fait mal ?

— Non, ça peut aller, je crois que je suis tombé sur mon épaule et que ça élance jusqu'au bras.

David examinait ses sauveteurs, il remarqua un drôle de sac au pied d'Olivier. En effet, la trousse semblait fabriquée avec une plante, on aurait dit une feuille géante repliée en forme de boîte, mais elle semblait en même temps très solide, comme du métal. David en oublia complètement ses douleurs et examina les vêtements des deux hommes. Il n'avait jamais rien vu de pareil, on aurait dit une combinaison en peau de requin, mais il n'y avait aucune couture, fermetures ou velcro. Les souliers étaient l'élément le plus étrange de leurs accoutrements. Les souliers épousaient exactement la forme des pieds, montrant orteils et jointures de ceux-ci. Il ne semblait pas y avoir de semelles, mais les souliers ne touchaient pas par terre. Ils semblaient flotter à la surface du sol, environ à 1 cm au-dessus. Olivier remarqua le regard de David sur ses pieds.

— C'est bien, ces souliers dit-il.

— Nous les avons achetés au Japon, c'est la grosse mode là-bas, la semelle est en plastique transparent, on dirait qu'elle est invisible, c'est bien n'est-ce pas ?

— Wow ! Super cool ! On dirait vraiment que vous flotter dans les airs, et vos habits est-ce que vous les avez pris au Japon également ?

— Oui, on dirait que ça va mieux, toi.

— Sauf pour le mal de tête, tout semble aller pour le mieux. Mais dites-moi, je ne comprends pas d'où vient tout ce sang sur l'arbre, car je n'ai aucune blessure visible. Olivier réfléchit rapidement et comme il allait parler, Alexandre dit :

— Je crois que j'ai vu un chat s'enfuir en courant, il était plein de sang, tu l'as probablement frappé accidentellement en tombant, il aura été pris sous toi et c'est probablement son sang qui est sur le tronc d'arbre.

David tenta péniblement de se relever, la forêt autour de lui tournoyait, il perdit de nouveau connaissance. Alexandre regarda son père et lui demanda.

— Qu'est-ce qu'il a ?

— C'est ce que je craignais le plus, je crois qu'il a un traumatisme crânien.

— Alors qu'est-ce qu'on fait ?

— Nous n'avons pas le choix, nous devrons l'amener avec nous, chaque minute compte et je ne le laisserai pas ici.

Olivier porta David dans ses bras jusqu'au vaisseau. Étienne vit le groupe arrivé et questionna Olivier du regard ?

— Je t'expliquerai en route, nous n'avons pas une minute à perdre.

Étienne actionna la manette pour la fermeture de la porte et prépara le vaisseau pour le décollage.

— Tu as bien tout remis en état ? Demanda Olivier à Étienne

— Oui, oui, ne t'en fais pas.

Après s'être assuré que tous étaient bien assis, et que la zone était libre de tout aéronef, il décolla sans attendre. En moins de 2 secondes, la lune était derrière eux et ils approchaient de l'Astron. Olivier entra les coordonnées pour entrer au même endroit que leur dernière sortie, ce qui les ramènerait au moment exact où ils s'apprêtaient à quitter.

CHAPITRE 5

BOMAK ET SES ROBOTS

Dès leur retour à l'an 2200, Olivier se dirigea rapidement (mais à la vitesse normale des NSPPS) vers la résidence de son ami Bomak. Olivier demanda à Alexandre de dévêtir le jeune garçon et de l'habiller avec des vêtements de 2200, afin de ne pas éveiller les soupçons. Il demanda à Étienne d'aider Alexandre afin de stabiliser la tête du jeune blessé. La maison de Bomak se situait en Normandie, il s'agissait d'une maison complètement blanche ressemblant beaucoup à une clinique, ce dernier était un savant reconnu qui avait révolutionné le monde médical grâce à la nano-technologie et a une technique robotique. Olivier savait que son ami ne poserait aucune question et qu'il pouvait sauver le jeune homme sans aucune difficulté. Bomak ayant reçu le signal holographique d'Olivier, l'avisant qu'il arrivait avec son neveu de 15 ans, souffrant possiblement d'un traumatisme crânien avec hémorragie interne, attentait que le vaisseau se pose. Il avait sa table d'examen près de lui.

Le Nspps se posa sans bruit et Olivier sortit presque aussitôt avec le jeune homme dans les bras. David n'avait pas encore repris connaissance, ce qui inquiétait encore plus Olivier et Alexandre.

— Il a fait une très mauvaise chute sur la tête, j'ai refermé sa plaie, il a également perdu beaucoup de sang.

— Depuis combien de temps est-il évanoui ? Demanda Bomak.

— 15 à 20 minutes, je crois.

Olivier déposa le corps inerte de David sur la table d'examen qui flottait à 1 mètre du sol. Comme par magie, la table se dirigea vers la maison qui servait également de clinique pour Bomak. Aussitôt à l'intérieur Bomak se déplaça vers un mur complètement blanc qu'il fit pivoter sur lui-même. Derrière le mur se trouvait une panoplie de robots miniature donc certains étaient microscopiques. Bomak passa ses mains dans un appareil stérilisant puis, à l'aide d'un aimant, prit 2 robots presque invisibles à l'œil nu. Il déposa les robots microscopiques à l'intérieur du conduit auditif externe de l'oreille droite de David. Bomak mentionna alors que les robots s'occuperaient des dommages internes et qu'ils vérifieraient également s'il avait besoin de sang supplémentaire. Environ 20 minutes plus tard, les 2 robots transmirent un signal auditif via l'ordinateur holographique. Bomak regarda les résultats transmis par les robots et déclara ;

— Tout va bien, vous avez eu raison de venir ; il avait une hémorragie interne au lobe droit du cervelet. Quelques minutes de plus et il serait mort. Il n'aura pas besoin de transfusion et les robots ont très bien fait leurs travaux. Je vais lui administrer un sédatif puissant afin qu'il dorme jusqu'à demain.

Puis Bomak se rendit récupérer les robots qui attendaient dans le conduit externe de l'oreille où ils avaient été laissés.

— Il ne pourra pas se lever avant demain soir. Son cervelet ayant subi un choc, il n'aura pas d'équilibre avant ce moment. Vous pouvez me le laisser sans inquiétude, je prendrai soin de lui. Quel est son nom ?

Olivier regarda Alexandre et pensa rapidement, avant même qu'il ouvrît la bouche, Alexandre répondit :

— Il aime bien se faire appeler Max.

— Max, OK ça me va pour Max. Je vous enverrai un signal holo dès qu'il se réveillera.

— Est-ce que je pourrais rester ici ? Demanda Alexandre.

— Moi je n'y vois aucun inconvénient, si c'est correct avec toi Olivier ? Répondit Bomak.

— Ça me soulagerait de savoir que Max verra quelqu'un de familier lorsqu'il reprendra connaissance.

— Il n'y a aucun problème, Alexandre, tu peux rester.

Olivier quitta Alexandre vers le NSPSS où l'y attendait Étienne.

Comme il venait à peine de décoller, un message holographique apparut. Le message provenait de la fédération de la défense de la zone terrestre. Le commandant Tarek de la fédération leur ordonnait de se rendre immédiatement à la base de la fédération située à Houston au Texas. Olivier demanda la raison.

— Nous vous informerons de la raison lors de votre arrivée.

Étienne regarda Olivier inquiet et demanda

— Que crois-tu qu'ils veulent ?

— Je ne sais pas mais… mieux vaut se préparer à toute éventualité, même celle d'être interrogé séparément.

Entrant les coordonnées de la base d'Houston dans l'ordinateur de bord, Olivier commença à expliquer à Étienne ce qu'ils devraient dire, sur les raisons de leurs nombreux voyages interstellaires.

Le commandant Tarek était un homme de 48 ans, de petite taille. Il avait le complexe du petit homme, il contrôlait son personnel d'une main de fer. Ses employés répondaient à ses ordres, par crainte seulement. Il était reconnu comme ayant plusieurs contacts dans les hautes sphères de la hiérarchie de la fédération. Un seul des membres de son groupe lui tenait tête, il s'agissait du lieutenant Lokman. Ce dernier avait participé à plusieurs opérations d'envergure, contrairement au commandant Tarek, c'était un homme de terrain. Il n'hésitait pas à donner son opinion lorsqu'elle différait de Tarek, ce qui avait occasionné plusieurs prises de bec entre les deux hommes. Inversement à Tarek, Lokman était apprécié du groupe. Il était impartial et savait reconnaître ses erreurs. Il n'hésitait pas à demander l'opinion de ses collègues de travail. Seulement 3 des 10 membres du groupe soutenaient Tarek aveuglément. Personnellement, ils n'avaient rien à reprocher à Lokman, mais comme Tarek le haïssait profondément, ils étaient tous froids à son égard.

— Lieutenant Lokman ! Vous allez mener l'interrogatoire. Il n'est pas question que ces individus quittent ce local sans qu'ils nous aient expliqué ce qu'ils foutent près de l'Astron et ils devront nous expliquer ces images.

CHAPITRE 6

L'INTERROGATOIRE

Le commandant se rendit en personne superviser l'interception des deux individus. Le lieutenant Lokman se dirigea vers le Nspps qui venait d'atterrir. Il était accompagné de deux autres membres du groupe. Olivier sortit le premier du vaisseau et aperçu les 2 hommes et la femme qui venaient en leur direction.

Lokman tendit la main à Olivier et lui dit ;

— Bonjour, je suis le lieutenant Lokman de la FDZT.

— De la quoi ? Demanda Olivier

— De la Fédération de défense de la zone terrestre. Répondit Lokman.

— Et en quoi pouvons-nous vous aider, Lieutenant ? Demanda Olivier.

— En répondant simplement à quelques-unes de nos interrogations.

Lokman serra la main d'Étienne, et présenta ses deux adjoints.

— Je vous présente la sergente Marianne Wright ainsi que le sergent Jordan Beaumont.

Olivier remarqua immédiatement la beauté intense de Marianne, il eut du mal a enlever sa main de la sienne lorsque celle-ci se présenta. Marianne remarqua le malaise d'Olivier, ce qui la fit se détendre. Lokman leur avait fait un topo de la situation, mais il avait été très bref sur les intentions possibles des suspects. De plus, le passé irréprochable des deux hommes ne laissait rien présager d'une quelconque menace de leur part. Mais devant l'inconnu, Marianne était nerveuse. Le regard franc de cet homme séduisant l'avait calmé. Lokman les invita à les suivre à l'intérieur. La base de la fédération était un bâtiment ultra moderne, équipé de ce qu'il y avait de plus, high-tech en armement ainsi qu'un bouclier thermique des plus sophistiqué. Ce bouclier avait déjà fait ses preuves à plus d'une occasion. Il consistait en plusieurs rayons laser qui s'entrecroisaient dans l'espace aérien immédiat de la base. Ils couvraient toute la base ainsi qu'un rayon d'un demi-kilomètre au-dessus. Tous missiles qui passaient dans ce rayon étaient immédiatement détruits. Le bouclier pouvait être opérant en moins de 15 secondes. La dernière fois qu'il avait été utilisé, c'était lors d'une attaque d'un groupe d'extrémiste qui proclamait que le centre servait à planifier les attaques envers les opposants au gouvernement unique. Ce groupe avait lancé 5 fusées thermiques contre la base. Toutes les fusées furent détruites, l'une après l'autre, sans qu'il n'y ait aucun blessé. Le vaisseau responsable de l'attaque fut également détruit par les mêmes rayons. Mais c'était avant la grande catastrophe. Depuis, il n'avait plus servi.

Le groupe traversa un caisson vitré, muni de deux portes étanches. On pouvait apercevoir deux hommes qui regardaient un écran holographique, on y voyait l'image rayon x des individus qui empruntaient le sas. Bien entendu, les deux hommes ne portaient aucune arme dissimulée. Ils se dirigèrent par un nouveau passage sécurisé qui lui, avait pour but d'enlever toutes bactéries des vêtements et des corps de ceux qui s'y engageaient. Toutes les habitations étaient munies de ce sas de désinfection. Le groupe arriva devant un local où il n'y avait que 2 fauteuils séparés d'une table flottante. Marianne invita Olivier à le suivre à l'intérieur et à prendre place dans le fauteuil le plus éloigné de la porte qui se referma, aussitôt les deux assis. Jordan et Étienne firent de même, dans la pièce voisine, qui était en tout point identique. Lokman alla rejoindre le commandant Tarek qui attendait dans une pièce attenante où il y avait l'image holographique des deux salles d'interrogatoires. Marianne commença la discussion.

— Je tiens à vous préciser que vous n'êtes pas en état d'arrestation, nous voulons seulement clarifier certaines choses avec vous. Premièrement, j'aimerais juste valider votre dossier que nous avons sorti du cardex central.

Marianne appuya sur une touche qui était encastrée sur la table, une image holographique apparue entre les deux personnes. Sur l'image, on pouvait apercevoir sur la première ligne du haut, le nom d'Olivier. Puis dessous le nom, flottaient les mots, famille, amis, collègues de travail, connaissances, emploi, passe-temps, amour et finalement décès.

Marianne appuya sur le mot famille, qui flottait dans les airs. Le mot paru s'enfoncer sous le doigt de Marianne. Comme par enchantement, plusieurs images apparurent en indiquant les dates de ses images ainsi qu'un résumé sur celle-ci. Olivier vit ainsi passer l'image holographique de sa femme lors de leur mariage, 20 ans auparavant. On voyait le nom complet de Marie Trudel, son âge, le nom de ses parents, ses périodes d'apprentissages et emploi occupé. Il y eut par la suite les images de la naissance de son fils Alex ainsi que celle des décès successifs de ses deux parents lors de catastrophe naturelle. La dernière image qu'on aperçut de Marie était celle un peu avant son décès lors de l'éruption d'un volcan où elle s'était rendue afin d'en étudier les causes. Il y avait maintenant 5 ans. 5 ans déjà, pensa Olivier.

— Je suis désolée, lui dit Marianne, en voyant le visage triste d'Olivier. Je ne voulais pas ressasser de mauvais souvenirs. L'émotion lui faisant trembler la voix.

Olivier répondit.

— Je n'avais jamais vu cette image de Marie avant. Elle était tellement rayonnante.

Olivier vit ensuite les images holographiques d'Alex, lors de ses périodes d'apprentissages. Il vit aussi les images de ses parents, grands-parents ainsi que toute sa famille immédiate, oncles, tantes, cousins, cousines. Marianne appuya par la suite sur le mot emploi. On vit apparaître alors toutes les inventions qu'Olivier avait produites depuis ses débuts comme inventeur. On vit également Olivier recevant tous les prix reliés à ses inventions.

— Très impressionnant, lui mentionna Marianne. Vous êtes un génie.

— Je n'irais pas jusqu'à ce terme, disons que j'aime bien inventer des choses pour faciliter la vie aux gens. Ce n'est pas si compliqué que ça, cela prend seulement un peu d'imagination ainsi que beaucoup de détermination.

— Vous êtes bien modeste pour un homme qui a réussi à trouver le secret de l'Astron.

Olivier resta bouche bée pendant quelques secondes, puis mentionna.

— Quoi ! Percer le secret de l'Astron ?

Marianne appuya sur le mot projet Astron. On put voir des images holographiques du vaisseau d'Olivier qui se dirigeait vers le trou noir, disparaissait pendant un millième de seconde et réapparaissait.

— Cela ne veut absolument rien dire, mentionna Olivier, ça peut facilement s'expliquer par une faiblesse de votre satellite de surveillance.

— Notre satellite fut vérifié à plusieurs reprises, il n'y a aucun défaut. Ce qu'il faut surtout bien remarquer c'est lors de votre réapparition, regarder le sens du vaisseau a changé.

Olivier se trouva tellement bête à cet instant précis. Un génie pas à peu près, il n'avait même pas pensé à ce détail insignifiant.

— Vous voyez bien qu'il s'agit d'une faille de votre système de surveillance. Même si nous avions enclenché le système d'invisibilité, le temps que cela dure ne donne même pas le temps au vaisseau de se retourner sur lui-même.

— Nous avons une autre explication. Et si vous aviez trouvé le moyen de traverser l'Astron et, comme il fut souvent pensé, le trou noir était en réalité une porte temporelle. Ceci expliquerait tous vos voyages près de l'Astron ainsi que ces images qu'on vient de voir. Vous n'avez simplement pas pensé qu'on vous surveillerait d'aussi près.

Olivier mentionna alors à Marianne.

— Vous n'imaginez pas ce que vous dites, tout le monde sait que l'Astron est en fait un immense gouffre sans fond qui aspire tout ce qui passe à proximité et que, malgré tous les essais, jamais rien n'est revenu de l'autre côté.

— C'est pour cette raison que vous êtes ici, pour nous expliquer comment vous faites.

— Je vous l'ai dit, il s'agit d'une erreur. C'est vrai que je me rends près de l'Astron afin d'en étudier le phénomène, mais je ne le traverse pas.

Il avait été entendu avec Étienne qu'ils mentionneraient se rendre étudier l'Astron si celui-ci était mentionné, mais qu'ils n'avaient encore rien trouvé. Olivier souhaitait ardemment qu'Étienne n'ait pas craqué en voyant l'image du vaisseau qui apparaissait inversée. Marianne demanda à Olivier de l'excuser quelques minutes, qu'elle devait aller vérifier quelque chose. Olivier savait bien qu'elle voulait valider avec ses coéquipiers de la suite des événements. Olivier ne le savait pas encore, mais Étienne avait été tout aussi hermétique que lui dans ses réponses.

Marianne réapparue dans l'ouverture environ 10 minutes plus tard, souriante, elle l'invita à sortir rejoindre Étienne. Étienne attendait déjà à l'extérieur ainsi que le lieutenant Lokman. Le lieutenant Lokman prit la parole le premier.

— Je suis triste de voir que vous ne voulez pas coopérer et je ne comprends pas votre entêtement, vous devriez être fier de votre découverte et la partager avec le reste du monde.

— J'aimerais bien vous aider, lui dit Olivier, mais je ne vois vraiment pas ce que vous insinuez. Nous n'avons rien trouvé, du moins pour le moment.

— J'aimerais bien vous croire, mais les informations que nous avons amassé jusqu'à présent tant à démontrer que vous mentez.

— Est-ce que nous pouvons quitter maintenant, demanda Olivier ?

— Oui vous pouvez partir, malheureusement nous allons garder votre vaisseau afin de vérifier que tout est bien normal. Est-ce que quelqu'un peut venir vous prendre, ou bien préférez-vous utiliser notre télétransporteur ?

— Vous détiendrez notre vaisseau combien de temps ?

— Je pense qu'une semaine sera suffisante aux ingénieurs afin de faire le tour. Nous allons vous contacter dès que nous aurons terminé.

— Si l'un de vous pouvait venir nous conduire chez mon ami Bomak, mon fils est demeuré chez lui. Marianne se proposa pour conduire les deux hommes et 5 minutes plus tard les 3 étaient à bord d'un des vaisseaux de la FDZT.

Marianne coupa le silence qui s'était installé à bord du vaisseau.

— Vous savez, ce n'est rien de personnel, mais nous devons être certains que la planète n'est pas en danger.

Olivier demanda de quelle manière la fédération pensait qu'il plaçait la planète en danger.

— Si vous avez réellement percé le secret de l'Astron, cela voudrait dire que ce qu'il y a de l'autre côté pourrait également traverser de ce côté-ci et comme vous ne voulez pas nous dire ce qui se passe de l'autre côté, nous n'avons d'autre choix que couvrir toutes les alternatives possibles.

Olivier répondit.

— Avec toutes vos données sur nos vies, vous savez très bien que nous ne représentons aucun danger et que jamais nous ne ferions quoi que ce soit, qui pourraient mettre la planète en danger.

— Quelquefois, on ne pense pas toujours aux répercussions que nos découvertes peuvent produire. J'espère sincèrement que vous allez changer d'idée et que vous nous ferez confiance. Nous ne sommes pas vos ennemis, je ne suis pas votre ennemi. Est-ce que vous avez confiance en moi ?

Olivier répondit ;

— Ce n'est pas une question de confiance, nous n'avons rien trouvé, ce n'est pas faute d'avoir cherché, mais pour l'instant nous ne pouvons rien vous apprendre de nouveau.

Le vaisseau se posa près de la clinique de Bomak et les deux hommes descendirent du vaisseau. Marianne apparut sur la passerelle de descente et lança à Olivier.

—Pensez-y, je vous assure que nous voulons la même chose que vous, soit la sécurité de la planète. J'espère que nous aurons l'occasion de nous revoir dans de meilleure circonstance.

Elle recula à l'intérieur du vaisseau et ce dernier reparti dans le ciel.

— Tu as encore la cote auprès des femmes à ce que je vois, lui dit Étienne.

— Très drôle, qu'est-ce que tu leur as dit, lorsque tu as vu l'image ? Je n'en reviens pas encore qu'on n'est pas pensé à quelque chose d'aussi stupide que le sens du vaisseau lors de la réapparition.

— Je leur ai dit que je ne comprenais pas, que c'était possible que leur appareil de surveillance fasse défaut et qu'il devrait le vérifier.

— C'est exactement ce que je leur ai répondu. C'est pour ça qu'on fait une équipe du tonnerre. Est-ce que tu penses qu'ils vont trouver la particularité du vaisseau ?

— Ça m'étonnerait, lorsque nous avons reçu l'appel pour aller à leur base, j'ai débranché le magnétex et j'ai enlevé la pièce principale que j'ai replacée dans le système de climatisation, ils n'y verront que du feu. Pour ce qui est du magnétex, je ne crois pas qu'ils pourront deviner quoi que ce soit.

Alexandre ayant aperçu le vaisseau de la FDZT atterrir vint à la rencontre des deux hommes.

— Pourquoi ont-ils gardé le vaisseau ?

— Ils veulent l'étudier à fond. Nous avons fait une énorme erreur lors de nos voyages.

— Laquelle demanda Alexandre ?

— Nous n'avons pas pensé à retourner le vaisseau lors de nos réapparitions.

— Est-ce que tu leur as dit ce que nous faisions ?

— Non pour l'amour de Dieu, non, répondit Olivier.

— Mais qu'est-ce qu'on va faire avec Max demanda Alexandre ?

— Je crois bien que nous n'aurons d'autres choix que de le garder avec nous le temps que l'on récupère notre vaisseau.

— Oui, mais il va découvrir à quelle époque nous nous trouvons, qu'est-ce qui arrivera par la suite ? Olivier répondit par une question à Alexandre.

— Si tu revenais chez toi, que quelques heures plus tard, et que tu affirmais que tu venais de passer une semaine ou deux dans le futur, qu'est-ce que tu crois que les gens penseraient ?

— Que je suis fou sûrement !

— Et voilà, nous avons tout ce temps pour convaincre notre jeune invité de ce fait.

— Oui, mais lorsque nous retournerons, il verra bien par où nous passerons, l'Astron. Ne risque-t-il pas de raconter ce fait aux gens de son époque ?

— C'est pour cette raison qu'il ne faut absolument rien dire, ni sur le champ magnétique, ni sur l'Astron. Nous trouverons bien un moyen de lui cacher la méthode de notre retour dans son époque.

— Que fait-on pour toutes les autres inventions de notre époque ? Ça ne risque pas de compromettre le cours de l'histoire, si certaines de ses inventions sont découvertes en 2010.

— Je crois que ça ne pourrait qu'être bénéfique au contraire, s'exclama Étienne, il y aurait possiblement moins de problèmes de pollution.

— Étienne a raison, mentionna Olivier, de toute façon, nous n'avons qu'à ne pas tout lui montrer ou du moins ne pas lui donner la chance d'examiner les choses de trop près.

— Qu'est-ce qu'on dit à Bomak ?

— Nous lui dirons tout simplement la vérité, que la FDZT a gardé notre vaisseau pour faire un contrôle parce qu'il trouve que l'on se rend trop souvent près de l'Astron.

CHAPITRE 7

LE FUTUR

— Est-ce que notre ami a repris connaissance ? Bomak regardait Alexandre en attendant sa réponse.

— Pas la dernière fois que j'ai regardé, répondit Alex.

Mais David était déjà debout dans l'autre pièce et croyait rêver en examinant la pièce autour de lui. En commençant par la table flottante sur laquelle il s'était réveillé quelques secondes plus tôt, il passa sa main sous la table tout en regardant chaque recoin de la pièce extraordinaire où il se trouvait. Il regarda les étranges vêtements dont il était maintenant habillé. Il ne ressentait aucune peur, aucune douleur, mais il avait tellement de questions dans sa tête. Alors qu'il se dirigeait vers le mur du fond qui semblait être une fenêtre qui donnait sur l'océan, Alexandre entra dans la pièce.

— Est-ce que ça va bien ?

— Oui pourquoi ? Je ne devrais pas ? Où suis-je ? Qui êtes-vous exactement ? Quel est ton nom ? Comment fait cette table pour flotter dans les airs ? Où sont mes vêtements ?

— Je comprends tes questions, mais si tu veux que je réponde, tu dois me laisser parler. Je m'appelle Alexandre, et toi ?

— Mon nom est David. Où sommes-nous ?

— Nous sommes chez Bomak, un ami de mon père, il est médecin, et il t'a soigné.

— Soigné répéta David avec un brin d'inquiétude dans la voix.

— Tu te souviens, dans le bois lorsqu'on s'est vu la première fois ?

— Oui, je me rappelle.

— Tu t'étais frappé la tête contre l'arbre et tu avais une hémorragie interne au cerveau.

— Nous avons été obligés de t'emmener afin de te soigner.

— Pourquoi ne pas avoir appelé une ambulance tout simplement ?

— Ce n'était pas si simple, premièrement comme nous étions en pleine forêt, l'ambulance comme tu l'appelles n'aurait pas pu s'y rendre et, deuxièmement, mon père craignait, ne pas avoir assez de temps pour te conduire à un médec.

— Un quoi ? Demanda David.

— Un médec. Où tu te fais soigner !

— Un hôpital, tu veux dire.

— Oui, oui, j'oubliais, un hôpital.

— Alors, où m'avez-vous amené au juste ? Où sommes-nous ? Est-ce que nous sommes sur une autre planète ? Vous êtes des extraterrestres ?

— Non, nous sommes humains comme toi, et nous sommes toujours sur la terre, mais disons que nous sommes sur une terre différente.

— Comment ça, différente ?

— Nous sommes dans ton futur, en 2200.

— Ben voyons, et je suis censé croire ça ?

— Est-ce que tu te sens bien ?

— Oui, je vais très bien.

— Alors suis-moi, je vais te montrer.

Les deux jeunes sortirent de la pièce et se dirigèrent vers une pièce centrale beaucoup plus vaste. La pièce était entièrement blanche. Il y avait une sorte de petite table basse qui flottait environ 60 centimètres au-dessus du sol ; elle était pourvue de boutons ressemblant à des cristaux de toutes les couleurs sur le dessus de la table. Alexandre appuya sur un des cristaux, une image holographique de plusieurs mots apparut flottante dans les airs. Un des mots était histoire. Alexandre se déplaça et appuya sur le mot, le mot sembla s'enfoncer plus loin dans la pièce. Soudain, l'image des mots se transforma en plusieurs dates flottantes dans les airs. Alexandre, appuya sur la date 2000 et une image satellite de la planète terre apparue, puis des images apparurent tout autour des deux garçons, David avait l'impression de se trouver directement sur les lieux des événements tellement les images étaient réalistes.

On pouvait voir la végétation de la planète, la jungle, les océans, les mers, rivières, les villes. David reconnut New York, Chicago, Paris, Rome, Londres, Toronto, Montréal. Les images suivantes étaient des images d'armée, des conflits en occident, en orient, en Yougoslavie. Les images suivantes étaient des images des technologies que David connaissait ; l'automobile, les ordinateurs, le téléviseur, le téléphone cellulaire, les fils électriques, la NASA avec sa fusée Challenger, les avions, le TGV, le métro et des stations d'essence.

Alexandre appuya sur le chiffre 2050 parmi les chiffres qui étaient restés en marge des images. David dit alors :

— Je croyais que dans le futur tout fonctionnerait avec la commande de la voix seulement.

— Alexandre dit alors « arrêt sur image » et l'image s'immobilisa dans les airs. Oui ça fonctionne aussi avec la voix, mais moi j'aime mieux avec le toucher, je ne sais pas pourquoi, mais on dirait que j'ai plus le contrôle ainsi. « Holo », recommence s'il te plait.

L'image satellite de la planète apparue encore une fois, l'image présentait moins de zones vertes et plus d'étendue d'eau. La séquence des images était la même, la végétation avait presque disparu laissant la place à des étendues désertiques. Les océans semblaient avoir doublés de volume, empiétant sur les continents. Les villes étaient à peine visible enveloppées par une épaisse fumée.

— Tu vois, déjà à cette époque, la pollution avait pris le dessus.

Les conflits armés étaient très spéciaux. David apercevait un immense éclair qui embrasait le ciel et puis plus rien. Rien ne semblait endommagé, mais plus aucun mouvement n'avait lieu.

— Qu'est-ce que c'est, cette bombe ? Demanda David.

Alexandre passa sa main devant les mots en marge et toutes les images se figèrent.

— On appelait ça une bombe propre, je crois. Ça détruit toute vie humaine dans un quadrilatère de 50 kilomètres carrés. Il n'y a plus aucun effet 48 heures plus tard, ce qui permet de sauvegarder tous les immeubles et toute la végétation.

— Mais, c'est dégueulasse ! S'exclama David. Comment peut-on faire ça à une population entière ?

Tout en passant sa main, une nouvelle fois devant les mots, Alexandre répondit :

— Il y a plusieurs choses inexplicables dans la vie.

Puis les images montrèrent des automobiles ultras modernes, flottantes à environ un mètre du sol. — À quoi fonctionne-t-elle ?

— À l'hydrogène.

— Fait à base d'eau ?

— Malheureusement non, vois-tu les pétrolières, ont réussi une fois de plus à passer leur essence en prétextant que, comme les postes d'essence étaient déjà tous en place, que la distribution en serait ainsi plus simple.

— Mais les gouvernements et les groupes écologistes ont laissé faire ça. Même en sachant qu'on pouvait produire de l'hydrogène avec de l'eau ?

— Tu sais très bien que les gouvernements étaient les premiers qui retiraient les bienfaits des pétrolières, qui contribuaient plus que quiconque à leurs campagnes électorales. J'ai eu un cours d'histoire sur les pétrolières. Les dirigeants de cette industrie étaient vraiment les dirigeants du monde. Ils décidaient de tout, même de qui serait président des États-Unis d'Amérique.

— Oui, mais même en sachant qu'en continuant à exploiter le pétrole, ils détruisaient la planète ?

— Tu sais les humains sont comme ça, ils ne réagissent que lorsqu'ils sont face à l'inévitable. Ils ont toujours passé leur rêve de richesse avant la sécurité de la planète, ils se disaient, ce n'est pas si grave que ça, on fera quelque chose après.

— Qu'est-ce que les pétrolières ont fait quand les autos ont finalement abandonné l'hydrogène à base de pétrole ?

— Les pétrolières, sachant ce qui s'en venait, ont pris le contrôle de la majeure partie de l'eau potable de la planète. Par la suite, ils ont bien évidemment imposé des hausses de prix exorbitant.

— Comment l'auto flotte-t-elle dans les airs ?

— Grâce à un champ magnétique.

David vit également des bracelets servant de téléphone et d'ordinateur, des gens effectuant des achats en passant leur pouce sur une plaque.

— Est-ce que ça fonctionne par son empreinte digitale ?

— Non, c'est une micro puce qui était implantée dans son pouce. Répondit Alexandre.

— C'est con, s'exclama David, ils n'ont qu'à lui couper le pouce et ils pourront se servir de sa micro puce.

— Non, la micro puce était reliée avec son système nerveux, s'il y avait amputation, la micro puce cessait de fonctionner.

Les vaisseaux spatiaux avaient également énormément évolué, ils ressemblaient plus à des avions à réaction qu'à des fusées, ils étaient beaucoup plus petits.

— Où sont les énormes cylindres contenant l'hydrogène liquide ? Demanda David.

— Ces engins fonctionnaient grâce à des piles atomiques.

— Pourquoi fonctionnaient, avec quoi fonctionnent vos fusées ?

— Il n'y a plus de fusée, ce sont maintenant des navettes qui fonctionnent à l'antimatière.

— C'est quoi ça, l'antimatière ? Demanda David

— Je ne peux pas te l'expliquer vraiment, mais je sais qu'à notre époque les gens maîtrisent parfaitement l'antimatière. Grâce à la nanotechnologie et au champ magnétique, chaque vaisseau a sa propre centrale antimatière à l'intérieur du vaisseau. Ce n'est pas plus gros que la table centrale. Les vaisseaux peuvent atteindre une vitesse phénoménale.

— Combien ? Demanda David.

Alexandre hésita et répondit

— 30 000 km/h.

— Aie ! Ça, c'est vite.

Alexandre pensa, si tu crois que ça, c'est vite, tu serais surpris.

Alexandre appuya sur le nombre 2100, toujours dans le même ordre, les images de la planète, de la flore et des technologies apparurent devant les yeux des deux jeunes hommes. Tout était différent, David ne reconnaissait aucune des grandes villes, ne pouvant apercevoir aucun point de repère familier, tel, la statue de la liberté, le Golden Gate, la Big Ben et la tour Eiffel.

— Mais que s'est-il passé ? Demanda David.

Alexandre passa de nouveau la main devant l'image des mots.

— Des groupes extrémistes n'ayant pas beaucoup de moyens ont ressorti la bombe nucléaire, ils ont envoyé des martyrs dans toutes les grandes villes du monde et ont tout fait sauter. Ce fut la plus grande perte humaine que la terre ait connue jusqu'à aujourd'hui. 3 000 milliards d'humains sont morts ce jour-là. Soit près de la moitié de la population totale de la terre.

— Mais qui a fait ça ? Demanda David.

— Des gens pour qui leur religion leur dictait tout.

— Mais aucune religion au monde ne dit de tuer des gens, non ?

— C'est vrai, mais là est tout le problème, il y aura toujours des personnes qui interpprèteront les textes à leur façon et pour servir leur propre cause.

— Qu'est-ce qui s'est passé par la suite ?

— Contrairement à la bombe propre, presque tout fut détruit dans les grandes villes, en plus d'être contaminé pendant plusieurs mois par les retombées nucléaires. L'hiver nucléaire s'installa à cause des cendres qui cachaient le soleil et la couche d'ozone se détériora ce qui enleva une bonne partie de sa protection contre les différents rayons. Les gens ne revirent le soleil que 2 ans plus tard. La famine et la maladie ont continué à décimer la population. 15 ans ont été nécessaires pour effacer toute trace du massacre. La population de la terre n'était plus que de 1 000 milliards, presque tous vivants dans les terres où dans les régions reculées.

— Mais si vous pouvez effectivement voyager dans le temps, pourquoi ne pas avoir empêché ce massacre ? Demanda David.

— J'ai posé la même question à mon père, il m'a répondu qu'il ne savait pas encore toutes les répercussions que ses interventions allaient avoir sur la destinée de la planète. Il croit qu'il doit intervenir le moins possible sur les actes physiques commis par les hommes. Tu sais, nous sommes les seuls à connaître ce secret, jamais personne avant n'a voyagé dans le temps et l'on ne connaît pas encore toutes les répercussions que nos voyages dans le passé peuvent avoir sur notre présent et notre futur.

— Est-ce que vous avez trouvé des martiens ?

— Il n'y a personne qui vit sur mars.

— Il n'y a aucun extraterrestre ? Demanda David.

— Si, mais pas sur mars, il y a plusieurs planètes habitées par d'autres espèces, mais aucune dans notre système solaire.

— Est-ce que tu en as déjà vu ?

— Oui et non, je les ai vus via l'hologramme, mais jamais en personne.

— À quoi ressemblent-ils ?

— Il y a différentes espèces, ceux que j'ai vus ressemblaient à des anges, sans visage, ils n'ont ni yeux, ni bouche, ni oreilles, ils ont des ailes et peuvent voler.

À ce moment Olivier entra dans la pièce.

— Bien je suis heureux de voir que tu vas mieux, Max.

— Il s'appelle, David. Répondit, Alexandre.

— Excuse-moi, David. Je m'étais tellement conditionné à te nommer Max que j'en avais oublié que ce n'était pas ton nom. Comment te sens-tu ?

— Très bien, je suis juste un peu mêlé dans ma tête. Mon cerveau n'arrive toujours pas à croire ce qui m'arrive et où nous sommes présentement, ou plutôt quelle date nous sommes.

— À ce que je vois, Alexandre t'a fait voir l'histoire de la terre.

— Est ce que ça s'est vraiment passé comme ça ?

— Hélas ! Oui, tout est vrai.

— Mais pourquoi ne retournez-vous pas empêcher ces fanatiques de tuer tout le monde ?

— Ce n'est pas si simple, mais je comprends ta réaction, mentionna Olivier. Tu sais, je crois sincèrement à la destinée, c'est-à-dire que si tu meurs demain dans un accident, c'est que ton heure est venue, même si tu pouvais retourner en arrière et ne pas embarquer dans ton véhicule le jour de ta mort, je crois que tu mourrais d'une autre façon le jour même. Autrement dit, certaines choses sont inévitables.

David demanda.

— Quand est-ce que je pourrai retourner chez moi ?

— Le plus tôt possible, j'espère, mais pas pour l'instant, nous avons un problème de véhicule. Alexandre questionna son père du regard et ajouta ;

— Où est l'astronef ?

— C'est ça le problème, la FDZT a confisqué notre vaisseau pour enquête.

— C'est quoi, la FDZT ? Demandèrent les 2 garçons en même temps.

— La fédération de défense de la Zone terrestre, répondit Olivier.

— Pourquoi ont-ils saisi votre vaisseau ?

— Vous représentez un danger pour la terre ? Demanda David.

— Non, non bien au contraire, nous faisons tout en notre pouvoir pour la sauver. Vois-tu les apparences sont souvent contre nous et ces gens-là, se trompent à notre sujet. David demanda ;

— Comment faites-vous pour voyager dans le temps ?

Alexandre regarda son père et attendit sa réponse.

— Max, oh non ! David, excuse-moi. Tu dois comprendre que nous ne pouvons te révéler tous nos secrets, ça pourrait s'avérer plus dangereux que tu ne le crois autant pour ton époque que pour la nôtre. Même les gens de notre époque ne connaissent pas l'existence du voyage temporel.

— Vous voulez dire qu'il n'y a que vous qui voyagez dans le temps ?

— Oui. Même Bomak ne connaît pas le secret et je compte sur toi pour ne pas lui révéler, je lui ai dit que tu étais mon neveu.

— Je ne comprends pas, dans ce cas, pourquoi Alexandre m'a-t-il montré l'histoire de la planète ?

— Il est important que les gens de ton époque comprennent qu'il y a urgence d'agir et que chaque petit geste posé dans ton temps représente possiblement des gestes posés par une population entière aujourd'hui.

— Comment se fait- il que vous parliez la même langue que moi ?

— Maintenant, toute la planète ne parle que l'anglais. Il n'y a également qu'une seule monnaie d'utilisée à travers le monde et il n'y a plus aucune frontière entre les pays.

— Qui a décidé que ce serait l'anglais au lieu du chinois ou de l'allemand par exemple ?

— Le gouvernement mondial s'est réuni et tous les représentants des pays ont décidé unanimement de prendre le langage qui était parlé dans le plus grand nombre de pays. Il est certain que le chinois était possiblement parlé par une plus grande partie de la population mondiale, mais l'anglais était la langue qui était la plus répandue à travers la planète et ce fut cette langue que le gouvernement a choisie. Pour ce qui est de la monnaie, c'était très simple d'imposer la même monnaie pour tous, vu qu'aujourd'hui, il n'y a pas d'argent comme tel, tout fonctionne via un système universel de paiement avec ADN.

— Avec ADN ? Demanda David

— Oui, tous nos renseignements personnels sont entrés dans une banque de données reliée avec notre ADN, ainsi nous n'avons besoin d'aucune pièce d'identité ou de monnaie. Tout est là-dessus, notre historique familial, notre historique éducatif, médical et monétaire. Donc si nous voulons faire l'achat de quelque chose, nous présentons notre ADN sous forme d'une minuscule particule de peau et le montant est enlevé de notre historique monétaire.

— L'identification via l'ADN existait déjà à mon époque. Mentionna David.

— Oui, je sais, mais la quantité de l'échantillon nécessaire est maintenant infinitésimale, comparée à vos prélèvements. Pour te donner un exemple, regarde.

Olivier se frotta l'index avec le pouce ;

— Il y a assez d'ADN pour m'identifier au moins 500 fois avec seulement les résidus de peau que je viens de faire.

— Wow ! S'exclama David, trop cool ! Les voleurs doivent avoir de la difficulté avec ce système.

— Il n'y a plus aucun vol depuis au moins 120 ans.

Les hommes entendirent des bruits de pas dans le couloir. Olivier dit alors ;

— Nous avons dit à Bomak que tu aimais te faire appeler Max, alors si ça ne te dérange pas trop, nous allons t'appeler Max devant lui.

— Il n'y a pas de problème. Motus et bouche cousue, dit David.

Bomak entra dans la pièce et vit les 3 hommes dans le milieu de la pièce.

— Je suis content de voir que notre ami Max va mieux. Comment te sens-tu jeune homme ?

— Ça va bien merci et merci de m'avoir soigné.

— Tu sais, je n'ai pas fait grand-chose, ce sont les nanorobots qui ont tout fait.

— Vous m'avez quand même sauvé la vie et je ne l'oublierai pas.

— Est-ce que tu as mal à la tête ou des étourdissements ?

— Non, je ne ressens aucune douleur et aucun malaise, vos robots sont des magiciens. Par contre, j'ai vraiment, vraiment, faim.

Tous éclatèrent de rire. Bomak invita ses hôtes à venir se sustenter. Il demanda à Max ce qu'il aimait le plus comme repas ? Ne voulant pas être déplaisant, David répondit qu'il n'était pas difficile et qu'il pouvait manger n'importe quoi. Bomak insista et David répondit qu'il aimait bien les pâtes.

— Alors, va pour des pâtes.

Bomak se dirigea vers une immense armoire sur un des murs de la pièce où ils se trouvaient tous et appuya sur une commande incrustée. Les meubles qui se trouvaient déjà dans la pièce disparurent dans le plancher. Il se passa 2 ou 3 minutes et un plat de pâtes avec une sauce rouge sortie de l'armoire sur une plaque. David qui avait suivi la scène des yeux se demanda où ils étaient pour s'asseoir, n'ayant vu aucune chaise ou table apparaître. Une fois le plat sorti, Bomak appuya sur une autre commande sur l'armoire et 4 coussins en cuir blanc ainsi qu'une plaque de verre ressemblant à un dessus de table sortirent du sol et vinrent flotter au-dessus du sol. Bomak invita les hommes à s'asseoir et plaça le plat de pâte dans le milieu de la plaque de verre. David imita les hommes en s'assoyant sur le coussin, pas sans avoir une certaine crainte de s'effondrer par terre aussitôt, sur ce coussin qui flottait à 90 centimètres du sol. Bomak demanda aux 3 hommes ce qu'ils voulaient boire et appuya les commandes sur l'armoire. Les boissons sortirent au même endroit d'où venait le plat de pâte ainsi que des plats et des ustensiles. Lorsque David goûta les pâtes, il se dit qu'il adorait cet endroit.

CHAPITRE 8

LA DISPARITION

— Ne crois-tu pas que nous devrions appeler la police, il est 23 : 00, ce n'est pas dans les habitudes de David. Il nous aurait appelés. J'ai appelé Antoine et il ne l'a pas vu. Même lui dit que ce n'est pas normal, il est certain qu'il lui est arrivé quelque chose. Il croit qu'il pourrait être dans la piste de vélo à Melbourne Valley. Ils y allaient souvent ensemble ces dernières semaines. Il a dit qu'il appellerait tout le monde de sa classe.

— Calme-toi Sylvie, dit Jean-Louis tout en la serrant dans ses bras. Ne tombons pas tout de suite dans le mélodrame. Il a probablement eu une crevaison en allant faire du vélo.

— Quand même Jean-Louis, Melbourne Valley n'est pas à des années-lumière d'ici, même à pied, il aurait pu être ici en moins de 2 heures.

— Tu as raison, je vais appeler la police.

Une fois les policiers partis, Sylvie se dirigea vers la sortie et dit à Jean-Louis.

— Tu fais ce que tu veux, moi je vais le chercher.

— Attend moi je viens avec toi. Je vais juste aviser Melody de notre départ et que si jamais Antoine arrive, de nous rejoindre sur le cellulaire. Pendant ce temps, tu devrais prendre des lampes torches dans le garage.

Une fois dans la voiture, Jean-Louis prit la parole le premier.

— Je crois que nous devrions aller dans les sentiers de vélo.

Sylvie pleurait.

— Je ne peux pas croire qu'ils ne feront rien avant demain.

— Ce n'est pas ce qu'ils ont dit. Répondit Jean-Louis.

— C'est ce que ça voulait dire. Ils ne le chercheront pas ce soir.

— Il faut être réaliste, on ne sait pas où commencer et de plus à la noirceur, je ne suis pas certain que l'on puisse voir grand-chose.

— Oui, mais les policiers ont des moyens que nous n'avons pas, ils ont des chiens, des hélicoptères avec des lampes puissantes, des quatre roues.

— Tu sais ce que le policier nous a dit, que ça arrivait souvent, qu'il était possiblement chez un nouvel ami ou amie et qu'il était trop occupé pour nous appeler.

— Tu connais autant David que moi et tu sais qu'il n'aurait jamais fait ça.

— Oui je sais bien, mais on ne sait pas comment il réagirait avec une fille.

Sylvie se retourna vers Jean-Louis et lui demanda.

— Tu crois que David est avec une fille ?

— Ce n'est pas ce que j'ai dit, mais lorsque le policier a mentionné cette possibilité, je dois avouer que j'y ai pensé.

— Moi je sais qu'il nous aurait quand même appelés. Je suis certaine qu'il lui est arrivé quelque chose, je le sens.

Jean-Louis se gara près de l'entrée des pistes de vélo.

— Tu sais, nous devrons faire les pistes à pied et il y a plusieurs dizaines de kilomètres de pistes mentionna Jean-Louis.

— Oui, je sais. De toute façon, j'aime mieux faire ça, que de me manger les ongles chez nous.

— Allons-y alors.

Jean-Louis éclaira par terre et prit la direction de la piste où il y avait le plus d'empreintes de pneus. Il y avait maintenant plus d'une heure que Jean-Louis et Sylvie marchaient dans le sentier et il n'avait rien trouvé. Jean-Louis mentionna à Sylvie ;

— Peut-être que nous ne cherchons pas au bon endroit. Il n'est peut-être même pas venu ici aujourd'hui.

— Moi je suis presque certaine qu'il est ici quelque part, je crois juste que nous ne cherchons pas au bon endroit. Je suggère que nous revenions sur nos pas et que nous prenions un autre sentier.

— Ne crois-tu pas que nous devrions plutôt aller nous reposer ? Je pense que la journée de demain sera plus longue que prévue.

— Tu pourras dormir toi ? Demanda Sylvie.

— Non, je sais, tu as raison… revenons sur nos pas.

Ils retournèrent jusqu'au premier croisement qu'ils avaient vu. Il était 01:30 lorsque Jean-Louis et Sylvie dévalèrent la pente en direction de Melbourne Valley. Le cœur de Jean-Louis s'emballa soudain, il venait d'apercevoir quelque chose de brillant dans le bas de la colline, il ne mentionna rien à Sylvie. Plus il descendait, plus il avait la conviction qu'il s'agissait d'une jante de roue.

Sylvie le dépassa soudain et se mit à courir en direction du vélo par terre. Elle avait également vu la masse inerte sur le sol. Ils arrivèrent tous les deux près du vélo et Jean-Louis éclaira partout aux alentours.

Sylvie se mit à hurler le nom de David dans toutes les directions. Jean-Louis la rejoignit et la serra dans ses bras.

— Attends, calme-toi ! Calme-toi ! Au moins on sait qu'il est vivant, il n'est plus là, donc il est parti à pied.

Sylvie lui cria :

— Est-ce que tu es aveugle ? Tu n'as pas vu tout ce sang sur le tronc d'arbre ainsi que par terre ? Il est peut-être en train de crever au bout de son sang quelque part près d'ici.

Jean-Louis savait que Sylvie avait raison, mais il voulait lui donner, et également garder espoir.

Alors il dit ;

— Tu sais s'il s'est coupé à la tête, ça saigne beaucoup et des fois ça semble pire que c'est réellement. Il était peut-être un peu sonné et c'est pour cette raison qu'il n'a pas retrouvé son chemin. Je vais appeler la police, maintenant ils n'auront pas le choix d'intervenir immédiatement. Je suis certain que leurs chiens vont le trouver en moins de deux.

Le caporal Fréchette, qui répondit à l'appel, prit la situation, très au sérieux, au grand soulagement de Jean-Louis. Il lui demanda de lui décrire le plus précisément possible le trajet pour se rendre où ils se trouvaient et il demanda également à Jean-Louis s'il lui était possible d'allumer un feu afin qu'il soit plus facile de les localiser. Il prit finalement en note le numéro de cellulaire de Jean-Louis et après avoir rassuré Jean-Louis raccrocha et passa plusieurs appels. Le poste de police qui couvrait la région de Melbourne Valley était le poste de la Sûreté du Québec de Richmond. C'était là que le sergent Fréchette travaillait depuis maintenant 4 ans. Il contacta ses confrères de Sherbrooke afin de faire une demande de soutien pour 2 quatre roues, l'hélicoptère et 2 maîtres-chiens. Le sergent Boulanger qui répondit à l'appel du caporal Fréchette lui dit de ne pas s'emballer, qu'il exagérait un peu et qu'il n'envoyait qu'un seul maître-chien pour l'instant et que si le jeune n'était pas localisé d'ici 8 heures du matin, il enverrait les 2 quatre roues ainsi que l'hélicoptère. Sachant très bien qu'il n'arriverait à rien avec le sergent, le caporal Fréchette demanda d'avoir au moins 4 hommes supplémentaires pour l'aider dans ses recherches. Le sergent coupa la demande à 2 hommes. Fréchette raccrocha et dit à son collègue Ethier ;

— Maudit bureaucrate qui ne pense qu'au coût des heures supplémentaires, il se fout pas mal que le jeune meurt ou vive. Ethier mentionna ;

— J'espère que tu vas écrire tes demandes et les réponses dans ton rapport ?

— C'est certain. On va passer chez moi aller chercher mon 4 roues, chaque seconde compte.

Il était 01:50 lorsque Jean-Louis entendit le bruit du 4 roues dans la piste. Lui et Sylvie avaient scruté chaque recoin de l'endroit où ils avaient trouvé le vélo. Sylvie n'avait plus de voix d'avoir appelé sans arrêt le nom de David. Jean-Louis s'affairait à grossir les flammes lorsque le caporal Fréchette les rejoignit avec un collègue qui était assis derrière lui sur le quatre roues. Il se présenta à Jean-Louis et à Sylvie et présenta son collègue Ethier. Il mentionna ensuite qu'il y avait un maître-chien en route de Sherbrooke ainsi que 2 policiers pour les aider dans leurs recherches. Il examina par la suite la scène ou le vélo fut trouvé.

— Est-ce que je pourrais voir vos semelles de souliers ? Demanda le caporal à Jean-Louis et à Sylvie. Jean-Louis et Sylvie soulevèrent leurs pieds afin de montrer leurs semelles de souliers.

— Est-ce que votre garçon, David, je crois ? Porte le même style de souliers que vous ? En s'adressant à Jean-Louis ;

— Non, pas du tout, normalement il porte des souliers spécialement conçus pour son vélo en lui montrant le type de pédale à ancrage du vélo de David.

— Quel point porte David environ ?

— Je crois qu'il porte du 44.

— Pourquoi toutes ces questions sur ses souliers, ne devrait-on pas commencer les recherches à la place ? Demanda Sylvie.

Le Caporal Fréchette se rendit près du tronc d'arbre immaculé de sang et indiqua à Jean-Louis et Sylvie de venir le rejoindre. Il leur indiqua les traces de pneu du vélo qui se rendait jusqu'au tronc d'arbre.

— Voyez-vous les traces de pneu arrête sur le tronc d'arbre et l'on peut voir par la roue avant déformée que votre fils a possiblement heurté le tronc d'arbre et fut projeté dans les airs pour finalement frapper l'arbre immaculé de sang. Ne vous en faites pas pour le sang, les blessures à la tête saignent toujours beaucoup. Ce que je trouve étrange par contre c'est les traces de pas. On ne voit que vos deux traces à vous. Il n'y a aucune autre empreinte que les vôtres. Pas même de traces d'animaux, ce qui exclut la possibilité qu'un animal ait pu l'emporter. Sylvie mentionna :

— Mais où est-il alors, il ne s'est tout de même pas envolé ?

Fréchette demanda à Ethier d'aller chercher l'appareil photo et de photographier la scène en mettant l'accent sur les empreintes, il lui demanda également de photographier les semelles de souliers de Jean-Louis et de Sylvie. Le caporal commença alors à scruter les environs avec sa lampe de poche en s'attardant aux branches d'arbres et plante jonchant le sol. Le caporal fit signe à Ethier de le suivre un peu à l'écart. Le caporal mentionna à Ethier ;

— Je n'aime pas du tout la tournure des événements, je crois que nous avons affaire à un enlèvement par des E.T.

— Quoi ? ! S'exclama Ethier. Mais qu'est-ce qui te fait dire ça… es-tu tombé sur la tête ? Pourquoi pas des cannibales, quant à y être ?

— Premièrement baisse le ton, je ne voudrais pas inquiéter les parents. Écoute bien, premièrement le jeune n'est pas parti de lui-même, il n'y a aucune trace de pas qui correspondent à d'autres personnes que ses parents, deuxièmement, ça exclus également quelqu'un qui serait venu à son secours, aucune trace d'animal non plus, par contre plusieurs branches de cassées et de plantes d'écrasées, mais sans aucune empreinte. Comment expliques-tu ça toi ? Finalement vient voir ce que j'ai trouvé par là-bas, mais passe à la même place que moi.

Les deux hommes se rendirent un peu plus loin dans la forêt, ils arrivèrent précisément à l'endroit où le NSPSS s'était posé quelques heures plus tôt.

— Regarde les plantes ici, tu ne trouves pas qu'elles sont anormalement écrasées.

Malgré la faible lumière projetée par les lampes de poche, Ethier ne put qu'acquiescer au dire de son supérieur, on pouvait facilement délimiter une forme ovale d'environ 20 mètres sur 10 mètres. Les plantes n'étaient pas écrasées comme telles, elles semblaient avoir été poussées vers le bas avec quelque chose de plat.

— OK, OK, je te l'accorde ! Dis Ethier, c'est un peu bizarre, mais pourquoi n'y aurait-il pas d'empreintes de pas ?

— Je ne sais pas moi, peut-être est-ce qu'ils volent, ou ils peuvent déplacer les objets avec la force de leurs pensées. Quoi qu'il en soit, je crois que nous devrions contacter la S.S.E.S.

— La quoi ? Demanda Ethier

— La section de surveillance des engins spatiaux. Précisa Fréchette.

— Tu crois vraiment à cette histoire d'enlèvement, par des E.T. ?

— Je crois en ce que je constate.

Fréchette s'éloigna encore un peu du groupe et appela son patron afin de le mettre au courant et aussi afin d'obtenir le numéro de téléphone du SSES. Le commandant de Fréchette eut la même attitude qu'Ethier, mais avait confiance au jugement de Fréchette et donna son accord en mentionnant le numéro de la section spécialisée. La section de surveillance des engins spatiaux prit l'appel très au sérieux, il envoyait un hélicoptère sur place dans l'heure qui suivait ainsi qu'un groupe de 15 hommes avec des véhicules tout terrain.

— Je peux te dire une chose Ethier, eux, ils prennent ça au sérieux pas à peu près.

Vers 02 : 30, le groupe entendit des jappements de chien suivi par des bruits de pas de course. Le maître-chien arriva et se présenta au groupe.

— Je suis le sergent Bussières et voici Simba, tout en caressant le museau du chien.

Après les présentations d'usage, le caporal Fréchette fit un résumé de la situation tout en expliquant ses récentes observations au sujet des empreintes de pas. Le maître-chien et son animal se mirent tout de suite à l'œuvre. Bussières fit sentir la scène de l'accident au chien et ce dernier se mit tout de suite en mouvement, il se dirigea immédiatement vers la clairière où Fréchette avait conduit Ethier juste un peu avant l'arrivée du duo. Fréchette regarda Ethier et lui dit.

— Tu vois, même le chien confirme mes dires.

Bussières examinait la scène avec attention et recommença le même manège à trois reprises et le chien le conduisit toujours au même endroit, où il demeurait immobile en regardant les plantes. Bussières et Simba arrivèrent près des deux hommes.

— Ça, c'est bizarre pas à peu près, le chien m'emmène toujours au même endroit.

— Où exactement ? Demanda Fréchette

— Dans une petite clairière juste là. En indiquant la clairière que Fréchette venait de montrer à Ethier.

— En plus, il n'y a aucune empreinte de pas. Je ne comprends rien à tout ceci.

Fréchette lui mentionna sa théorie sur les extraterrestres.

— Ben voyez-donc, vous en fumer de la bonne, vous autres.

— C'est ce que je lui ai dit, répondit Ethier.

— Moi je n'ai aucun problème, si vous avez une meilleure explication s'exclama Fréchette aux deux hommes. De toute façon, nous serons assez vite informés si je suis fou ou non, parce que la SESS ne devrait pas tarder.

— La quoi ? Demanda Bussières.

— La section de surveillance des engins spatiaux lui dit Ethier.

— Avez-vous parlé aux parents de votre idée sur la disparition de leur enfant ? Demanda Bussières.

— Non pas encore, mais il va falloir leur expliquer la venue de tout ce monde.

Jean-Louis vint à la rencontre des policiers suivie de Sylvie.

— Pourquoi venez-vous toujours vers cette clairière ? Il n'y a visiblement rien ici, il n'y a même pas de trace de pas. Pourquoi n'entrez-vous pas dans le bois à la place ?

Fréchette expliqua à Jean-Louis qu'il avait lui-même répondu à sa question. Jean Louis le regarda avec intensité et lui demanda.

— Que voulez-vous dire que j'ai moi-même répondu à la question.

— Il n'y a aucune empreinte à part les vôtres et les nôtres. Alors on cherche où ? Vous voyez bien que le sol est mou et humide et qu'une légère pression laisse une empreinte très claire. Alors, comment ce fait-il, que votre fils ou une personne lui étant venue en aide n'ai pas laissé d'empreinte, eux ?

Cette question frappa Jean-Louis en plein visage, il venait d'avoir une révélation, mais oui c'est vrai pensa-t-il.

— Qu'est-ce que ça veut dire caporal ?

— Je ne le sais pas encore, mais j'ai appelé des spécialistes et ils ne devraient pas tarder.

À ce dernier mot, 2 policiers à pied arrivèrent sur les lieux. Fréchette était content que son supérieur ait changé d'idée en lui envoyant des renforts avant le matin. Il leur précisa la description physique de David et leur demanda d'aller scruter les environs en effectuant un cercle à environ 30 mètres autour de la scène, espérant peut-être trouver un élément qui lui aurait possiblement échappé. Il leur précisa d'éviter le secteur de la clairière ne voulant pas contaminer la scène. Il demanda également à Ethier et à Bussières de placer un ruban de police tout autour de la scène en incluant la clairière.

Vers 03 : 15 le groupe entendit le vrombissement d'un hélicoptère. Quelques secondes plus tard, un immense hélicoptère avec deux pales se plaça au-dessus de la scène où se trouvaient les policiers, une lumière éblouissante éclairait le sol. Les personnes au sol eurent l'impression que c'était le plein jour tellement la lumière éclairait. L'hélicoptère passa plusieurs fois au-dessus du sol en s'attardant à plusieurs reprises au-dessus de la clairière. Fréchette vit également que l'hélicoptère était équipé de plusieurs appareils sophistiqués et que l'un d'eux semblait être un appareil pour prendre des photos, parce qu'il aperçut à plusieurs reprises des flashs de lumière sortir de cet appareil. L'hélicoptère alla se poser à l'extrémité ouest de la clairière à au moins 50 mètres d'où les plantes étaient légèrement aplaties. 4 hommes en habit de camouflage vert descendirent de l'appareil et vinrent à la rencontre des policiers en évitant de passer dans la zone identifiée plus tôt par l'hélicoptère comme étant l'endroit cible.

L'homme à la tête du groupe était un immense gaillard d'environ 1.90 mètre et de 100 kg, il avait la peau noir foncé, ce fut le premier a parlé.

— Je suis le colonel Fuller du SSES, qui est la personne responsable ?

Fréchette s'avança d'un pas et tendit la main au colonel.

— Caporal Fréchette, je suis bien content de vous voir arriver.

Fréchette expliqua en détail l'appel ainsi que tous les éléments de son enquête. Le colonel dit au caporal Fréchette qu'il avait très bien fait d'appeler.

— Nous allons maintenant nous charger de la scène caporal, nous vous remercions du travail accompli jusqu'à présent. Ce que j'aimerais que vous fassiez maintenant, c'est de créer un périmètre de sécurité à un demi-kilomètre d'ici en vous assurant qu'il sera parfaitement étanche. Personne ne doit passer, même pas le premier ministre. Est-ce que je peux compter sur vous, caporal ?

— Je vais faire de mon mieux pour que ça soit fait le plus rapidement possible, mais je suis la personne responsable du dossier de disparition alors je crois que mon rôle est de rester ici.

— Ne vous en faites pas avec les parents, nous nous en occuperons. Vous devez nous faire confiance caporal. Le périmètre vaut également pour vous caporal, je suis désolé.

Fréchette commença déjà à regretter son appel, mais il savait aussi qu'il ne pourrait rien faire d'autre pour les parents du jeune David. Il rassembla donc les hommes et passa un appel au sergent Boulanger à Sherbrooke, après 10 minutes de cris et de jurons, Bélanger accepta d'envoyer 15 hommes supplémentaires sur les lieux. Le colonel se dirigea ensuite vers Jean-Louis et Sylvie.

— Est-ce que quelqu'un va finir par nous dire ce qui arrive ici et pourquoi personne ne cherche-t-il à savoir ce qui est arrivé à mon fils ?

Le colonel se présenta et expliqua qu'il était maintenant responsable des opérations. Croyez-moi monsieur, nous ferons tout en notre pouvoir afin de trouver ce qui est arrivé à votre fils. Mais pour l'instant je vous demanderais de retourner chez vous, nous resterons en contact avec vous.

— Quoi ? Je crois bien que vous divaguez, si vous croyez que nous allons tranquillement rentrer chez nous alors que notre fils est je ne sais où ?

— Je comprends monsieur, je ferais possiblement pareil s'il s'agissait de mon enfant, mais je vous demande de comprendre qu'ici vous ne faites que nous ralentir dans nos recherches. Si vous ne voulez pas rentrer chez vous, alors je vous demanderais d'accompagner le caporal Fréchette et de rester avec lui de l'autre côté du périmètre de sécurité.

Voyant qu'il n'aurait probablement pas le dernier mot, Jean-Louis demanda au colonel ;

— Si je n'y vais pas, qu'arrivera-t-il ?

— Je demanderai au caporal de vous reconduire chez vous et de s'assurer que vous y demeuriez, mais nous savons, vous et moi que je n'aurai pas besoin de donner cet ordre. Sylvie demanda ;

— Pour qui travaillez-vous exactement ?

— Nous travaillons pour le gouvernement fédéral.

— Oui, ça, je l'avais compris. Mais dans quoi exactement, quel domaine du gouvernement ?

— Je travaille pour le SSES, la section de surveillance des engins spatiaux.

Sylvie dévisagea Jean-Louis dont la couleur du visage tourna subitement au blanc.

— Vous pensez que David fut enlevé par des Extraterrestres ?

— Il est trop tôt pour me prononcer, je n'ai pas encore commencé mes recherches, je m'occupe de vous présentement, vous comprenez ?

Sylvie donna le numéro de leur téléphone cellulaire au colonel et lui demanda de les tenir au courant dès qu'ils auraient du nouveau, puis prenant Jean-Louis par la main, ils se dirigèrent vers le caporal Fréchette. Jean-Louis tout en regardant Sylvie lui dit ;

Dire que je rêvais de voir des extraterrestres, mais jamais je n'aurais cru que mes premiers contacts avec eux seraient pour discuter du retour de mon fils.

CHAPITRE 9

L'EXAMEN DU VAISSEAU

Le commandant Tarek se dirigea dans l'entrepôt où le vaisseau d'Olivier avait été emporté pour l'examen.

— Est-ce que vous avez trouvé quelque chose d'intéressant ? Demanda-t-il aux techniciens chargés de l'inspection.

Le chef technicien répondit par le négatif.

— Nous avons vérifié tout le système à deux reprises, il n'y a rien d'anormal, sauf pour un petit bidule dans le système de climatisation.

— Est-ce qu'il s'agit vraiment d'un système de climatisation ?

— Oui tout ce qu'il y a de plus normal.

— Alors, revérifiez et contacter le fabricant du système de climatisation pour qu'il vous informe sur votre petit bidule comme vous dites. Même s'il faut démonter le vaisseau morceau par morceau pour trouver sa particularité, faites-le.

Marianne arriva sur le dernier mot prononcé par Tarek.

— Alors, ils n'ont rien trouvé ?

— Non, rien pour le moment, mais je suis certain que la clé réside dans ce vaisseau.

— Peut-être ont-ils raison et que ces nos systèmes de surveillances qui font défaut ou plutôt, que la proximité de l'Astron influence les images perçues par notre système de surveillance.

— Moi j'ai une confiance aveugle en notre système de surveillance ! S'exclama Tarek. Je suis certain qu'ils nous cachent quelque chose.

— Mais dans quel but ? Demanda Marianne. Vous connaissez comme moi le passé des deux hommes. Vous savez très bien qu'ils ne représentent pas un danger pour la planète, bien au contraire. Olivier, euh, M. Bruneau a toujours informé le gouvernement mondial de toutes ses découvertes, je ne vois pas pourquoi ça serait différent aujourd'hui.

— Écoutez-moi bien sergente, j'ai beaucoup plus d'expériences que vous, si je dis que ces hommes nous cachent quelque chose, c'est que c'est vrai et je vais le trouver.

Marianne alla dans le vaisseau discuter avec le chef technicien. Marianne demanda la même chose que Tarek et reçu la même réponse. Elle demanda au technicien ce qu'il pensait à propos du morceau supplémentaire trouvé dans la climatisation.

— Il semble que ce soit un sur multiplicateur de puissance.

— Pourquoi faire ? Demanda Marianne.

— Comme il était installé dans le système de climatisation, je suppose que c'était afin de donner plus de puissance à ce système.

— Est-ce que vous avez contacté le fabricant ? Demanda Marianne.

— Oui, nous l'avons fait et il n'a aucune idée de ce que cela pourrait être, je lui ai montré où il était et il m'a répondu qu'il ne voyait aucune utilité à cette pièce électronique.

— Est ce que vous avez pris des images holo de votre découverte ?

— Oui bien entendu, est-ce que vous voulez une copie, je vais vous la placer sur une plaquette holographique.

Le technicien sortit de la navette et revint 2 minutes plus tard avec une minuscule plaquette dorée qu'il remit à Marianne. Marianne se rendit dans le bureau de Tarek et lui fit part de sa discussion avec le technicien.

— Je crois que je devrais aller voir M. Bruneau afin de lui demander ce que c'est tout simplement. Il s'agit possiblement d'une de ses inventions récentes, qu'il aura ajoutées au système de climatisation afin d'obtenir la température désirée instantanément.

Le commandant Tarek réfléchit quelques secondes et donna son approbation à Marianne. Marianne demanda ;

— Est-ce que nous lui remettons son vaisseau ?

— Non, pas pour le moment. Voyons d'abord ce qu'il nous dira sur cette pièce supplémentaire et attendons l'analyse finale du chef technicien.

Marianne se surprit elle-même a chanter en se rendant à sa navette personnalisée. Elle était ravie de revoir Olivier.

Bomak terminait d'examiner David.

— Te voilà de nouveau tout neuf Max, mentionna Bomak à David.

— Merci beaucoup Monsieur, répondit David.

— Je t'en prie, tu peux m'appeler Bomak, Monsieur, ça me fait vieillir de 30 ans.

— Il n'y a pas de problème Bomak, en passant mon vrai nom c'est David, mais vous pouvez continuer à m'appeler Max si vous le désirez.

— Pourquoi les gens t'appellent-ils Max alors ?

David n'aimait pas mentir, mais comme il savait qu'il devait couvrir ses sauveteurs, il mentionna :

— C'est un surnom qu'un groupe de copains m'ont donné chez moi.

Bomak dit aux hommes qu'il devait s'absenter pour 3 jours et qu'ils pouvaient rester chez lui le temps que ça leur plairaient, qu'il était enchanté d'avoir des visiteurs. Olivier le remercia et lui dit ;

— Je te remercie Bomak de tout ce que tu as fait pour nous, mais si tu permets, nous emprunterions ton téléporteur afin de rentrer à la maison.

Bomak répondit à Olivier que c'était un honneur pour lui de pouvoir venir en aide à un génie et qu'il serait toujours là pour lui. Il invita ses hôtes à se servir de tout ce qu'ils voulaient dans sa maison en faisant référence au téléporteur.

Bomak venait tout juste de quitter à bord de son NSPSS lorsque Marianne arriva à bord du sien.

Olivier se dirigea vers l'entrée après avoir vu Marianne sortir de son vaisseau dans l'écran holographique du système de sécurité central. Il était craintif, mais en même temps heureux de revoir Marianne qu'il trouvait très jolie.

Il invita Marianne à entrer et lui demanda s'ils avaient complété leur examen de son vaisseau et quand il pourrait le récupérer ?

— Les techniciens ont pratiquement complété leurs analyses et ça ne devrait plus être trop long, une question d'un jour ou deux. C'est justement à ce sujet que je me trouve ici.

— Ah oui ! Comment puis-je vous aider ? Demanda Olivier.

Marianne se dirigea vers la commande centrale du système holo et glissa la plaquette dorée dans l'ouverture destinée à sa réception.

— En m'expliquant, qu'est-ce que ceci ?

Olivier reconnut immédiatement le magnétex. Son cœur se mit à battre plus rapidement et son cerveau fonctionnait à plein régime. Ils ne peuvent pas savoir à quoi ça sert, pensa-t-il. Il répondit ;

— C'est une de mes inventions, ça amplifie la force du système de climatisation. Il y a d'importantes variations de chaleur près de l'Astron et le système normal ne suffisait pas à refroidir l'intérieur du vaisseau.

— J'en étais certaine, s'écria Marianne. C'est ce que j'ai dit au commandant Tarek. Mais pourquoi ne pas avoir déclaré cette invention au gouvernement central ?

— Parce que nous sommes toujours en période d'essai et qu'il y a encore certains problèmes avec la force émettrice du système. Dès que le système sera infaillible et sécuritaire, j'en aviserai le gouvernement central, je vous le promets.

— Je vous fais entièrement confiance, M. Bruneau, s'exclama Marianne tout en rougissant.

Étant maintenant certain que son mensonge tiendrait la route, Olivier oublia l'enquête et dit ;

— Est-ce que vous voudriez manger avec nous ?

Marianne hésita un instant et déclina l'offre en mentionnant qu'elle devait retourner à la base afin de faire son rapport. Olivier déçu, ajouta ;

— Ah ! Oui j'oubliais, nous allons retourner chez nous à l'aide du téléporteur, j'imagine que vous savez où nous rejoindre ?

— Oui, ne vous en faites pas, nous connaissons l'emplacement de votre demeure. Je vous remercie de nous en informer.

Avant de franchir la porte, elle se retourna et ajouta avec un sourire radieux ;

— Une fois cette enquête terminée, je serais ravie d'accepter une nouvelle invitation.

Olivier qui était maintenant écarlate lui répondit :

— Ne vous en faites pas, il y en aura une nouvelle, je vous le jure.

— J'y compte bien, dit Marianne en quittant la maison.

Étienne qui n'avait rien manqué de la discussion mentionna à Olivier ;

— Et bien ! Je crois que nous allons avoir une nouvelle personne dans la famille.

— Très drôle, au lieu de t'occuper de ma vie sentimentale, tu devrais commencer à te préoccuper de notre avenir mutuel.

— Pourquoi ? Demanda Étienne.

— Parce qu'elle vient de me montrer une image holo du magnétex, et s'ils ont pris la peine de l'envoyer ici en personne, c'est probablement parce qu'ils pensent qu'ils ont mis le doigt sur quelque chose d'important.

— Mais elle a semblé te croire sur parole au sujet du climatiseur.

— Je sais et ça va me donner du travail. Il faut maintenant que j'adapte le magnétex au climatiseur du vaisseau tout en réduisant par 100 sa puissance.

— Je suis certain que ce n'est qu'une question d'une heure ou deux avec tes connaissances.

— J'aimerais être aussi confiant que toi sur mes capacités, mais je crois que ça ne devrait pas être trop compliqué.

Nous allons retourner au labo afin de plancher là-dessus. Il avisa Alexandre et David de venir les rejoindre au sas de décontamination. David arriva suivi d'Alexandre.

— Qu'est-ce que c'est ? Demanda David.

— C'est un sas de décontamination, nous allons tous passer à l'intérieur et nous dévêtir, par la suite nous allons être télétransportés chez nous.

— Wow ! Trop malade. Ils ont donc réussi à inventer la télétransportation ?

— C'est mon père qui l'a inventé.

À ces paroles, Olivier répondit ;

— Tu sais, je n'ai pas tout le mérite, les gens de ton époque ont fait les trois quarts du travail, je n'ai que complété leurs idées.

Voyant les trois hommes se dévêtir sans aucune pudeur, David demanda ;

— Pourquoi est-ce qu'il faut se dévêtir ?

— Le téléporteur réussit à recréer la séquence de nos ADN, mais elle ne peut être mélangée avec des matières inertes telles que le tissu, de la même façon qu'il ne peut qu'y avoir qu'une seule personne à la fois dans le téléporteur, afin qu'il n'y ait aucun mélange d'ADN. Tu devras également enlever le bijou que tu as dans le cou, David.

— Qu'est-ce qui arrive, si une personne a subi une chirurgie et a maintenant des plaques ou des vis.

— Des plaques, ou des vis, répéta Alexandre, wow ! Vous êtes des androïdes ou quoi ?

Olivier prit la parole ;

— Non, dans le passé, lorsqu'une personne subissait une fracture à un de ses membres, on lui installait souvent une plaque de titane dans le membre cassé, afin de faire tenir l'os en place pendant la guérison. Il arrivait que ces plaques ou les vis restaient en place toute la vie durant. Effectivement David, si tu avais eu un corps étranger dans ton corps, tu n'aurais pas pu utiliser le télétransporteur.

— Mais comment savez-vous que je n'en ai pas ? Demanda David :

— Lorsque tu es passé dans le sas, il y a également un… je crois que vous appeliez ça un rayon x, à votre époque et que l'ordinateur nous aurait avisés de ce fait.

— J'ai déjà vu un film à notre époque, ou la personne était télé-portée en même temps qu'une mouche qu'il n'avait pas remarquée et son ADN fut modifié jusqu'à devenir une espèce de monstre. Lança David.

— Ne t'en fais pas, la pièce où se trouve l'appareil est stérile en tout temps, le sas sert également de protection contre les intrus de ce genre.

Sur ses dernières paroles, Olivier, maintenant nu comme un ver, passa dans la pièce du téléporteur. Il entra les coordonnées de la téléportation sur le tableau de commande et dit à Alex de se diriger au centre de la pièce, où il y avait des anneaux qui semblaient flotter dans les airs. Je vous téléporte à la maison David et toi, Étienne et moi avons du travail à faire au labo.

Un éclair de lumière jaillit au centre de la pièce et Alex disparu.

— C'est à ton tour David.

David avait beaucoup de difficulté avec sa nudité, surtout qu'il se trouvait devant 2 hommes adultes, qu'il ne connaissait que depuis 2 jours. Mais Olivier et Étienne s'affairaient à préparer leur départ et ne le regardaient pas, sauf pour un léger coup d'œil qu'Olivier donna en la direction de David pour s'assurer qu'il allait au centre des anneaux de télétransportation dans le centre de la pièce. David pensait à demander si ça faisait mal, puis se retient. Olivier l'avait possiblement deviné, parce que juste avant d'enclencher le téléporteur, il dit à David ;

— Tu vas sentir un léger picotement dans tout ton corps et c'est tout, ça disparaîtra aussitôt que tu seras arrivé à destination.

Sur ce dernier mot, un éclair jaillit et David cligna des yeux pour se protéger de la lumière et lorsqu'il les ouvrit de nouveau il était dans une pièce différente. Alex était devant lui et lui souriait.

— Je sais comment tu dois te sentir, je me rappelle encore la première fois que je fus téléporté, je n'en revenais tout simplement pas, et pourtant je connaissais cet appareil depuis longtemps. Alors j'imagine pour toi, qui n'avais jamais entendu parler de téléportation.

— Wow ! Trop cool ! S'exclama David, oubliant sa nudité. Je n'en reviens pas. Est-ce qu'on peut se télé porter partout sur la planète ?

— Oui partout où il y a un appareil pour nous recevoir. Le gouvernement mondial en a placé dans toutes les villes principales de la planète ainsi qu'en périphérie.

— Ça doit être trop cool de pouvoir aller visiter l'endroit que tu veux sur la planète d'un simple clignement des yeux.

— Oui effectivement, c'est bien. Lorsque je m'ennuie, je viens ici et je vais visiter le vaste monde. Mais tu sais, c'est comme un nouveau jeu que tu désires depuis longtemps, une fois que tu le possèdes, tu t'en désintéresses après un mois ou deux. C'est pareil avec le téléporteur, une fois que tu es allé un peu partout dans le monde, tu te dis que tu as fait le tour.

Les vêtements des deux jeunes hommes arrivèrent via le téléporteur. C'est à ce moment que David s'aperçut qu'il était encore nu, il devint rouge et se rua sur ses vêtements qu'il enfila en moins de 2. Après s'être habillé, David dit à Alexandre ;

— Je croyais que dans le futur nous mangerions des pilules au lieu de vrais aliments.

— Nous en avons également, et nous avons aussi des aliments déshydratés. Les jeunes préfèrent les pilules nutritionnelles, mais les personnes plus âgées aiment mieux la nourriture réelle.

— Est-ce que je peux essayer vos pilules nutritionnelles ?

— Mais oui, je vais te montrer ce qu'on a, ensuite je te ferai visiter la maison.

Marianne entra dans le bureau de Tarek,

— J'avais raison, dit-elle. Il s'agissait bien d'un appareil servant a multiplier la force du climatiseur.

— Alors pourquoi ne l'a-t-il pas déclaré au gouvernement central ?

— Parce qu'il vient juste de l'inventer et qu'il n'est pas au point. Il a dit qu'aussitôt qu'il serait sécuritaire, il le déclarerait, en plus nos techniciens confirment qu'il s'agit d'un multiplicateur de puissance.

— Pourquoi avait-il besoin de ça ?

— Il m'a dit que l'Astron provoquait un flux de chaleur immense et que le climatiseur du vaisseau ne suffisait pas.

Tarek réfléchit, c'était trop simple, son intuition ne l'avait jamais trompé jusqu'à présent, quelque chose ne fonctionnait pas, mais il ne trouvait pas quoi.

— Je suis certain qu'il y a autre chose. Je vais demander de nouveaux techniciens, externe à l'agence. Peut-être qu'en ayant l'esprit libre ils trouveront quelque chose que les nôtres n'ont pas trouvé. Lorsque nous leur redonnerons leur vaisseau, nous installerons des micros à l'intérieur. Moi je veux être certain qu'ils n'ont rien à cacher.

— Très bien nous ferons comme vous voulez, je vais faire venir de nouveaux techniciens.

Sur ses derniers mots, Marianne sortie du bureau.

CHAPITRE 10

DES EXTRATERRESTRES

Sylvie ayant convaincu Jean-Louis de rentrer à la maison afin de s'occuper de Melody, regarda Jean-Louis conduire en direction de la maison et lui demanda.

— Est-ce que tu crois réellement que ce sont des extraterrestres qui ont enlevé David ?

— Je ne sais pas, je ne sais plus, mon cerveau tourne à 100 km à l'heure présentement, j'ai tellement mal à la tête à force de penser à toute cette histoire.

— Je sais, moi aussi, je n'arrive pas à y croire, on dirait un cauchemar, nous allons peut-être nous réveiller et tout sera comme avant, David dormira bien tranquille dans son lit.

Jean-Louis comprit qu'il devait se montrer rassurant.

— Soyons logiques, ce que le caporal Fréchette nous a expliqué au sujet des empreintes de pas est bien réel. De plus lorsqu'on est arrivé sur les lieux de l'accident, j'ai également recherché des empreintes sur le sol vaseux, pour voir quelle direction David avait prit après son accident ; je n'ai rien remarqué, je ne me suis pas attardé à ça parce que je me disais qu'il n'avait pas laissé d'empreinte et un point c'est tout. Mais tu as vu le policier avec son chien qui revenait toujours au même endroit dans la clairière. De plus, je ne crois pas que le colonel Fuller soit du genre à perdre son temps s'il n'y a aucun indice d'extraterrestre. Alors si c'est bien des extraterrestres qui ont emmené David avec eux, il faut plutôt se demander pour quelle raison l'aurait-il fait. Moi je crois que David a foncé dans le tronc d'arbre, il était blessé et ils l'ont amené avec eux pour le soigner.

Sylvie regarda Jean-Louis et lui dit ;

— Je sais ce que tu essaies de faire, tu veux me rassurer. Mais, est-ce que tu crois réellement que je vais croire que des extraterrestres qui n'avait rien de mieux a faire que de venir se promener dans les bois de Melbourne Valley, auraient décidés de jouer les ambulanciers.

— Je crois qu'ils n'ont pas eu le choix, tout simplement. Je ne peux pas te dire ce qu'ils sont venus faire ici, mais je crois que devant le fait que David était blessé, ils n'ont pas eu le choix d'intervenir.

— Alors si ce que tu dis est vrai, c'est que David était grièvement blessé, sinon il l'aurait laissé à cet endroit. Alors ta théorie ne va pas réellement me rassurer.

Jean-Louis avait lancé sa théorie sur un coup de tête, effectivement pour rassurer Sylvie, mais en lui expliquant sa théorie, il trouvait que c'était une situation possible pourvu qu'on crût à la présence d'extraterrestre. Mais la réponse de Sylvie ne pouvait que l'amener à dire qu'elle avait raison.

— Qu'est-ce qu'on va dire à Melody ? Demanda Jean-Louis :

— La vérité. Que son frère semble avoir eu un accident de vélo. Qu'on ne le trouve plus. Qu'il y a un tas d'agents du gouvernement qui pense qu'il fut enlevé par des extraterrestres et que son père est convaincu que c'est pour le soigner.

Lorsqu'ils arrivèrent à la maison, il était plus de 05 : 00. Melody dormait à poings fermés. Sylvie mentionna à Jean-Louis qu'il devrait peut-être aller également dormir un peu.

— Sinon nous n'arriverons pas à réfléchir.

— Je ne crois pas pouvoir fermer l'œil, mais tu as raison, il vaut mieux se reposer un peu. Je crois que les prochains jours seront assez éprouvants.

Après avoir prononcé ces paroles, Jean-Louis s'engouffra dans la salle de bain. Il en ressortit 10 minutes plus tard avec une serviette autour de la taille. Sylvie l'imita et alla le rejoindre dans la chambre.

— Tu crois vraiment ce que tu m'as dit tout à l'heure ?

— Au sujet des extraterrestres ?

— Oui et au sujet de leur supposé sauvetage.

Jean-Louis réfléchit avant de répondre et dit ;

— Oui, plus j'y pense, plus ça du sens.

De plus, il ne mentait pas, il y croyait lui-même de plus en plus.

Melody se réveilla vers 08 : 30. Elle écouta les bruits de la maison, elle se leva et se dirigea directement à la chambre de son frère. Le lit n'était toujours pas défait, elle se dirigea vers la chambre de ses parents, elle ouvrit la porte avec précautions, elle fut soulagée de voir qu'ils étaient là tous les deux, ça ne pouvait qu'être de bon augure. Comme elle alla refermer la porte, Jean Louis souleva la tête et la regarda, il lui fit signe de ne pas parler et se leva sans faire de bruit. Sylvie semblait dormir et il ne voulait pas la réveiller. Il sortit de la chambre et suivit Melody jusqu'à la cuisine. Melody lui demanda finalement ;

— Où est David ?

— On ne l'a pas encore trouvé, mais nous savons où il est allé. Il est allé à Melbourne Valley en bicyclette, il semble avoir eu un accident. Melody répondit ;

— Alors il doit être dans un hôpital quelque part, ou il essaie de trouver son chemin, mais comme il a perdu la mémoire après s'être cogné la tête, il ne sait plus où il habite.

— Ça, vois-tu, je n'y avais pas pensé.

— À quoi ? Demanda Melody.

— Au fait qu'il pourrait être amnésique dû à l'accident.

— Alors, pourquoi ne pas aller le chercher maintenant qu'il fait jour ?

— Non, ce n'est pas la peine, je ne t'ai pas tout dit. Melody regarda son père d'un regard inquiet. Lorsque nous avons retrouvé son vélo, nous avons également trouvé une mare de sang sur un tronc d'arbre, mais il n'y avait aucune empreinte de pas sur le sol boueux. Nous avons appelé les policiers et ceux-ci après plusieurs vérifications et recherches ont appelé un groupe d'agents fédéraux spéciaux.

— Spéciaux, comment ? Demanda Melody.

— Ils s'occupent de la surveillance des engins spatiaux.

— Attend un peu, tu veux dire qu'ils croient que David fut enlevé par des E.T.

— Il n'y a pas qu'eux, moi aussi je le crois.

— Ben voyons ! Voir si les petits Martiens s'intéresseraient tant que ça à mon frère. Tu ne peux pas être sérieux, tu crois vraiment que ce sont des extraterrestres qui ont enlevé David ?

— Oui, je le crois, je pense qu'ils n'ont pas eu le choix. Que David s'est blessé et qu'ils ont dû l'emporter avec eux pour le soigner.

— Est-ce qu'il y avait tant de sang que ça ?

— Non, pas tant que ça.

— Est-ce que maman croit également à cette possibilité ?

— Je ne pense pas, non.

— Alors pourquoi n'êtes-vous pas resté là-bas ?

— Les agents spéciaux ne voulaient pas qu'on reste sur place. Il y a plusieurs dizaines d'agents sur les lieux en plus des chiens et d'un hélicoptère.

— Qu'est qu'on fait alors ?

— Pour l'instant, on ne peut rien faire, sinon attendre.

— Maman devait être dans tous ses états.

— Comment te sens-tu maintenant, relativement à ce que je t'ai dit ?

— Je crois rêver, tout me semble irréel.

— Ta mère et moi, on se sent de la même façon. Sylvie arriva dans la cuisine.

— Tu veux un café, lui demanda Jean-Louis ?

— Non merci, je suis assez énervée comme ça. Tu lui as tout dit ?

En regardant en direction de Melody.

— Oui, tout.

— Alors qu'est-ce que tu en penses Melody. Moi je crois qu'ils sont tous devenus fous.

Il faut dire à la défense de ton père qu'il y a plusieurs éléments qui penchent en faveur de sa théorie.

— Quoi, ne me dis pas que tu vas commencer à les croire toi aussi ?

— J'essaie juste de savoir où se trouve mon fils.
Sur ce dernier mot, les larmes arrivèrent. Jean-Louis contourna le comptoir et prit Sylvie dans ses bras.

— On le retrouvera, je te le promets.

— Est-ce que quelqu'un à appeler dans les hôpitaux de la région demanda Melody ?

— Oui, les policiers ont vérifié tous les hôpitaux et les cliniques ouvertes 24 heures. On a également appelé tous les amis de David sans résultats. Répondit Jean-Louis.

— Alors selon toi, on attend tout simplement que les extraterrestres aient fini de soigner David et le ramène tout simplement à la maison ?

— Est-ce que tu as une suggestion Melody ?

— Moi je vais aller voir si je ne peux pas le trouver.

Sylvie dit à Melody qu'il ne la laisserait pas passer.

— Les policiers ont établi un périmètre de sécurité, même le policier responsable de l'enquête de la Sûreté du Québec ne peut pas le franchir. De toute façon, tant que nous ne serons pas ce qui s'est produit, je préférerais que tu évites ce bois. Tu as compris ?

— Oui, oui, j'ai compris.

Le Colonel Fuller étudiait les photos prises par l'hélicoptère à leur arrivés sur les lieux. Il était assis face à un ordinateur portatif, posé sur une table de travail, à l'intérieur d'une immense tente qui lui servait de quartier général. Plusieurs de ses hommes s'affairaient à installer des instruments et des ordinateurs de tout gabarit. 2 autres hélicoptères étaient posés près du premier. 2 génératrices avaient été installées à l'arrière de la tente et plusieurs dizaines de fils étaient branchés. L'endroit commençait à ressembler à une zone de fouille archéologique. La seule différence était que les hommes du Colonel Fuller portaient pour la plupart un habit étanche blanc muni d'un casque également hermétique. Les autres qui semblaient s'occuper de la sécurité du site portaient des habits de camouflage vert.

Un mini laboratoire prenait vie à l'intérieur de la tente de Fuller et déjà 2 hommes scrutaient au microscope des échantillons de terre prélevés sur le site du supposé atterrissage. Fuller se retourna vers les 2 scientifiques.

— Est-ce qu'on a quelque chose de concluant, Messieurs ?

— Il ne fait aucun doute qu'un engin fonctionnant à l'antimatière très avancée est passé dans le coin dans les 24 dernières heures.

— Y a-t-il un danger pour la radioactivité ?

— Non aucun danger.

— Une dernière petite question, est-ce que vous pouvez me dire s'il s'agit de la même signature que notre dernier site.

— Oui, toutes les données sont similaires, à 99 %, il s'agit du même engin.

— Très bien Messieurs, bon travail, je savais que je pouvais compter sur vous et félicitations pour la rapidité à laquelle vous travailler.

CHAPITRE 11

JEUX DU FUTUR

Après avoir ingurgité 3 pilules nutritionnelles correspondant à un repas de poulet, des légumes et un dessert. David dit ;

— Je crois que je comprends les gens plus âgés, c'est bien pour gagner du temps, mais côté goût, ce n'est pas terrible, ça goûte beaucoup le chimique. De plus mon cerveau ne semble pas satisfait.

— Oui, je sais, mais est-ce que tu as encore faim ?

— Non, j'avoue que c'est surprenant parce que j'étais affamé.

— Aimerais-tu voir les jeux que nous avons maintenant ?

— Je croyais que tu ne l'offrirais jamais.

Alexandre conduisit David dans la même pièce où était le télé-transporteur. Il mentionna tout haut ;

— Holo jeux

La pièce se transforma soudain sous les yeux de David, le sas de télé transportation ainsi que tous les appareils électroniques qui se trouvaient dans la pièce se déplacèrent dans un coin de la pièce et d'autres appareils apparurent provenant de trappe qui s'ouvrirent dans le plancher de la pièce. La pièce principale du jeu consistait en un immense cylindre d'environ 3 mètres de hauteur par 2 mètres de longueur. Alexandre se rendit près d'une console électronique située près du cylindre. David demanda à Alexandre ;

— Est-ce que toutes vos maisons sont comme ça ?

— Comment ?

— Vos pièces servent à plusieurs choses, un salon qui devient une cuisine, la pièce du télé- transporteur qui devient une salle de jeux.

— Mais oui, pourquoi avoir différentes pièces lorsqu'on peut faire tout ceci dans la même. Il est normal d'avoir une pièce spécifique pour le repos et pour l'hygiène, mais pour les autres pièces, pourquoi avoir des pièces séparées ?

— Tu as raison… Pourquoi pas ? C'est drôle j'aurais pensé que dans le futur vous auriez tous des noms comme Bomak, pas comme Olivier ou Alexandre.

— Ce n'était pas comme ça avant, effectivement dans les années 2050 tous les gens avaient des noms comme Bomak, Al, Mel, Tag, Sly, Dav, de plus le langage était également diminué à un strict minimum, les gens ne parlaient qu'avec des débuts de mots sans même les compléter, lorsqu'ils se parlaient.

Parce que les gens étaient devenus esclaves de leurs bidules informatiques et communiquaient presque exclusivement par ces moyens technologiques. Vers les années 2100, les gens se sont révoltés contre ce langage et l'anglais que l'on parle aujourd'hui est revenu en force ainsi que vos anciens noms.

Je dirais que c'est un peu, comme ce que j'ai étudié de votre époque, vous appeliez ça la mope, je crois ?

David éclata de rire. Quoi, qu'ai-je dit de si drôle ?

— Pas la mope, la mode.

— Oui, oui, c'est ça, la mode. J'ai vu que les gens de votre époque changeaient très souvent de sorte de vêtements ainsi que de coiffure.

— Il n'y a plus de changement maintenant ?

— Non, il est vrai que nous n'avons plus de classe sociale, comme vous, maintenant nous sommes tous égaux.

— Bon maintenant est ce que tu veux jouer ?

— Je n'attends que ça.

— Qu'est-ce que tu aimerais le plus, une mission ou l'on doit sauver une nouvelle planète d'une invasion, une ville aux prises avec des mafieux ou tu dois arrêter tous les vilains, des pirates sur la mer des Caraïbes, ou encore sauver une princesse de dangereux dragons venus attaquer le château ?

— J'aimerais bien sauver la nouvelle planète.

— Très bien ! Mentionna Alexandre en appuyant sur une séquence de boutons sur la console. Maintenant, viens avec moi.

Alexandre entra dans le cylindre suivi de David. Alexandre prit deux casques munis de visière noire qui était suspendus sur un côté du cylindre. Sur l'autre côté du cylindre, il prit également deux paires de gants munies de multiples capteurs. David imita Alexandre et enfila le casque et les gants.

— N'oublie pas, il s'agit d'un jeu, rien de ce que tu verras et ressentiras n'est réel, il s'agit d'un jeu holographique sensoriel. Si jamais tu ne veux plus jouer ou que tu veux arrêter pour une raison quelconque tu n'as qu'à appuyer sur la paume de ta main droite comme ceci. Alexandre appuya deux doigts de sa main gauche dans le centre de sa paume droite. Tu es prêt ?

— Et comment, je suis prêt.

— Début du jeu ! S'exclama tout haut, Alexandre.

David se retrouva vêtu d'un scaphandre léger avec une arme, comme il n'en avait jamais vu, dans les mains. Il était debout sur un sol de couleur rouge feu avec d'immenses montagnes de part et d'autre de lui. Alexandre se trouvait à côté de lui. David fit un pas en avant et s'aperçut qu'il pouvait se mouvoir sans sentir aucune gravité. Il se sentait si léger. Il fit un bond d'environ dix mètres de longueur avec une hauteur de trois mètres.

— Wow ! S'exclama-t-il. Super cool !

— Tu aimes ? Demanda Alexandre.

David entendait la voix d'Alexandre comme si elle venait de l'intérieur de son casque.

— Pas à peu près.

— Sur ce dernier mot, une décharge électrique fit voler en éclat un rocher près des deux jeunes hommes. David reçut quelques petits fragments de roche sur lui.

— Mais qu'est-ce que c'était ?

— Là-haut, regarde. Alexandre montra deux créatures qui surplombaient la montagne. Alexandre visa et appuya sur la gâchette de son arme. Un éclair de lumière bleu sortit de l'arme et alla frapper une des deux créatures en pleine poitrine. Ce dernier s'affaissa sur le sol.

— Allez vas-y ! (Cria Alexandre à David) Avant qu'il nous tire dessus une autre fois.

David visa et appuya sur la détente, il sentit un léger recul et vit l'éclair de lumière bleue sortir de l'arme et frapper l'autre créature directement à la tête. Son corps tomba de la montagne et s'écrasa environ à dix mètres d'Alexandre et David.

David courut vers le corps inerte de la créature. Il vit une sorte d'homme lézard avec des dents immenses. La créature était vêtue d'une sorte d'habit métallique souple et une arme perfectionnée reposait près de son corps.

— C'est tellement réel, on est dans le jeu ? Où avons-nous été téléportés ?

— Appuie dans la paume de ta main droite comme je te l'ai montré.

David appuya avec deux doigts dans la paume de sa main droite et il se retrouva aussitôt dans le cylindre au milieu de la pièce qu'il venait de quitter. Il vit Alexandre debout à côté de lui.

— Comment fait-on pour retourner dans le jeu ? Demanda David.

— Tu n'as qu'à dire « retour au jeu ».

— Retour au jeu. Prononça David.

Il se retrouva de nouveau à côté d'Alexandre et du corps inerte de la créature.

— Je n'en reviens pas, comment ça peut avoir l'air réel. Comment est-ce fait ?

— C'est le casque que tu as sur la tête qui inculque les données à ton cerveau afin qu'il croit que tout se passe réellement. Le cylindre recrée l'environnement physique, ce qui explique que tu peux sauter si haut et si loin et que tu puisses te déplacer tout en restant à l'intérieur du cylindre.

— Trop cool ! Soudain, David eut un moment de panique. Mais qu'est-ce qui arrive lorsque tu reçois un coup ou une décharge ?

— Tu ressentiras un choc, comme une décharge électrique, la puissance dépendra du niveau de mortalité atteint. La douleur ne durera qu'une à deux secondes et tu n'auras aucune séquelle, mais tu seras quelquefois surpris de l'intensité.

— Niveau de mortalité, tu veux dire quoi au juste, on peut en mourir ?

— Non, non, je veux dire que si le coup que tu reçois avait eu la mort comme conséquence dans la vraie vie, alors le choc serait plus puissant que si tu n'avais reçu qu'un éclat de rocher sur l'épaule. Mais même un coup mortel ne te laissera aucune séquelle une fois dans le cylindre. Par contre si tu reçois un coup mortel, le jeu s'arrête pour toi et tu te retrouves dans le cylindre.

— Est-ce qu'il y a différent niveau de jeu dans ce système ?

— Oui, il y a différent niveau. Je l'ai placé à facile, comme il s'agit de ta première expérience.

— Bon maintenant que fait-on ?

— Nous devons trouver la base de l'ennemi et la détruire.

— Comment fait-on pour la localiser ?

— J'ai programmé une navette qui nous attend de l'autre côté de cette colline. Alors nous n'avons qu'à nous rendre à cette navette et une fois à l'intérieur, il y a des instruments qui nous serviront à localiser la base. Les deux jeunes hommes bondirent jusqu'au haut de la colline, ils aperçurent l'aéronef dans le bas de celle-ci.

Une fois à l'intérieur, Alexandre se plaça aux commandes et invita David à s'asseoir sur le siège à côté de lui. Alexandre dit à David ;

— Tu vois cet écran radar, tu n'as qu'à demander vocalement de localiser les bases ennemies sur cette planète et elles apparaîtront sur l'écran en couleur rouge.

— Localiser les bases ennemies. Prononça David.
2 points rouges apparurent sur l'écran radar et une voix féminine se fit entendre, « bases ennemies localisées ». Alexandre appuya sur une commande et dit à voix haute ;

— Base ennemie sud-est.

Le vaisseau décolla à la verticale sans aucun bruit et se dirigea vers la direction demandée. David vit le sol défilé sous ses yeux à la vitesse de l'éclair, il ne sentait aucun mouvement.

— « Activation du bouclier magnétique » dit Alexandre.
Un halo bleu entoura le vaisseau. Il ne fallut que deux ou trois minutes avant d'apercevoir une base à flanc de montagne. Dès que la base vint à vue, il y eut des éclairs bleus qui apparurent dans le

ciel et qui frappèrent la navette, celle-ci tremblait un peu à chaque fois.

— Est-ce que le bouclier va tenir le coup ? Demanda David.

— Oui, il n'y aura pas de problème tant que nous aurons de la puissance. Missile à proton ! S'écria Alexandre.

Immédiatement, David put apercevoir deux jets rouges quitter la navette et aller s'écraser contre la base. Celle-ci disparut complètement en une explosion incroyable.

— Et d'une (dit Alexandre) allons maintenant détruire l'autre. C'est à toi de diriger le vaisseau maintenant.

— Base ennemie, nord-ouest, prononça David.
Le vaisseau s'envola vers la destination demandée.

— Est-ce qu'il y a plusieurs sortes de missiles ? Demanda David.

— Oui, je vais te montrer. « Ordinateur », démonstration de l'armement.
La même voix de l'ordinateur se fit entendre en même temps que l'on vit apparaître une image de missile.

— « Missile à proton » dit la voix, et l'on put voir les mêmes deux missiles rouges frapper une cible de roche avec la même force d'explosion que plus tôt. « Missile à neutron » dit la voix et l'on put voir 2 missiles bleus aller frapper la même cible de roche, le rocher sembla fondre sous l'effet des missiles, et devint de la lave bouillante. « Désintégrateur », un rayon de lumière frappa le rocher et celui-ci disparus entièrement comme par magie. « Missile nucléaire » mentionna la voix de l'ordinateur. Lorsque les deux missiles frappèrent le rocher, un immense souffle sembla littéralement arracher le rocher de la surface du sol avec un immense nuage en forme de champignon qui s'éleva dans les airs.

« Lasers », mentionna la voix, deux jets bleus partirent du vaisseau et frappèrent de plein fouet le rocher, créant deux cratères distincts dans le rocher. « Vibration photonique » prononça l'ordinateur, cette fois-ci David aperçut une vague d'air frapper le rocher et celui-ci éclata entièrement en million de petits fragments.

— C'est, l'arsenal dont nous disposons. Mentionna Alexandre. Alors tu as fait ton choix ?

— Oui, je crois bien.

La voix de l'ordinateur se fit entendre de nouveau.

— Base ennemie en vue, dans 10 secondes.

Comme la base venait visible, David dit tout haut.

« Missile à neutron ».

Mais avant même que les missiles quittent la navette, un bruit assourdissant se fit entendre. Les deux jeunes hommes ressentir un choc immense leurs traverser le corps. Une seconde plus tard, ils étaient dans le cylindre. David reprenait son souffle tandis qu'Alexandre retirait casque et gants.

— Qu'est-ce qui s'est passé ? Demanda David.

— Nous avons été détruits.

— Mais comment et par quoi ?

— Viens ici avec moi, je vais te montrer.

Alexandre se trouvait déjà devant la commande principale du jeu à l'extérieur du cylindre. David enleva à son tour son casque et ses gants et alla rejoindre Alexandre. Alexandre, après avoir entré quelques commandes sur les claviers, demanda à l'ordinateur.

— Image holo de la fin du jeu.

Dans le milieu de la pièce tout juste à côté du cylindre, on vit apparaître l'image du vaisseau qui se dirigeait vers la deuxième base ennemie. David reconnut immédiatement l'endroit exact où il avait donné la commande pour les missiles à neutron. Les deux jeunes virent en même temps, un rayon bleu, venir frapper l'arrière de l'astronef. Ce dernier vola en éclat dans une explosion d'une force incroyable. David eut des frissons de penser qu'il se trouvait à l'intérieur de ce vaisseau, du moins de façon artificielle. Après l'explosion, les images montrèrent d'où provenait le rayon. Un immense canon laser se trouvait sur une colline en face de la base ennemie, ce canon était difficilement visible, caché par des rochers.

— Wow ! Trop cool ! S'exclama David, le cœur battant encore la chamade. Ça, c'est du jeu. On peut continuer ? Demanda David.

— Bien sûr, est-ce que tu veux refaire cette mission, ou tu aimerais mieux jouer à quelque chose d'autre ?

— J'aimerais bien continuer la mission.

— Très bien, nous allons recommencer immédiatement après la destruction de la première base.

Les 2 jeunes hommes enfilèrent gants et casques et le jeu recommença.

— Base ennemie nord-ouest. Prononça David.

— Attends, lui dit Alexandre. Il lui mentionna ; CADU*peut très bien avoir déplacé la base ainsi que les zones de défense. Normalement, le jeu ne recrée jamais deux fois la même situation. Vérifie d'abord où est la deuxième base, puis maintenant que tu sais qu'il peut y avoir de la contre-attaque fait attention.

David demanda à l'ordi de leur montrer où était la deuxième base et il demanda également de vérifier s'il y avait d'autres armes ou autres formes de vie hostile près de la base.

— Base localisée, prononça CADU, il y a deux endroits qui indique un danger près de la base, je vais les indiquer en rouge sur l'écran holographique. Ajouta l'ordinateur.

---

* Centrale artificielle de donnée universelle

Un plan des collines apparu en 4 dimensions dans le milieu du vaisseau. C'était comme si David était un géant qui regardait toute la vallée par-dessus. Il voyait très bien où se situait la base ennemie. Il chercha deux taches rouges, n'apercevant pas immédiatement l'endroit où étaient les autres ennemis. Il mit quelques secondes à trouver. Il aperçut ce qui lui semblait être un rocher, mais d'une drôle de forme, un trou bien taillé se trouvait devant le rocher.

— Wow ! Trop cool ! Est-ce bien ce que je crois ? Demanda-t-il à Alexandre.

— Oui c'est bien ça, c'est une arme de très fort calibre, excessivement difficile à voir.

Le deuxième point rouge fut trouvé au-dessus de la colline où se trouvait la base. Il s'agissait d'une grotte à même le roc, d'où, en regardant de près, on apercevait un point rouge au centre. Possiblement un canon laser.

— Sud-est (demanda David à CADU) et aussi près du sol que tu le peux.

Le vaisseau fila droit vers sa destination. Plusieurs fois, David croyait que la navette alla s'écraser sur les rochers, tellement ils volaient bas. Lorsque la navette arriva près de l'endroit où ils avaient localisé la grotte, il ordonna à CADU d'arrêter la navette.

— Y a-t-il des armes qui ne font aucun bruit lorsqu'elles atteignent leur cible ? Demanda David

— Oui, nous avons un désintégrateur.

— Cadu, je veux que tu vises l'entrée de la grotte avec le désintégrateur.

Cadu s'exécuta et un rayon de lumière alla frapper la grotte, exactement où se trouvait le point rouge. Pendant un court instant, on n'aperçut plus rien, puis la poussière de roche retomba, même une partie de la grotte s'était désintégrée. Pas un seul bruit ne retentit de cette action. Cadu mentionna.

— Poste de défense détruit.

— Si nous n'avions pas été au niveau facile, est-ce que ça aurait quand même fonctionné ?

— Non, il y aurait eu une, ou plusieurs contre-attaques. Peut-être un vaisseau ennemi qui serait arrivé en mode furtif derrière nous ou autre chose. Répondit Alexandre.

— Maintenant CADU, nord-est, pour le deuxième poste de défense.

David demanda à Alexandre,

— Est-ce qu'il y a un délai entre les commandes pour différents missiles sur différentes cibles ?

— Tu ne peux te servir de deux types de missiles en simultanés, mais tu peux ordonner d'avance le type de missiles et les cibles et ceux-ci seront exécutés un à la suite de l'autre, dans un délai très court. Répondit Alexandre.

— Très bien alors, CADU, je veux que tu envoies des missiles à neutron sur le poste de défense et immédiatement après le lancement des missiles, que tu envoies des missiles nucléaires sur la base ennemie. Une fois la dernière attaque lancée, tu déplaceras le vaisseau de l'autre côté de la base ennemi et tu lanceras une vibration photonique sur la base afin de t'assurer qu'ils ne pourront pas contre-attaquer. Exécution.

Les missiles à neutron quittèrent le vaisseau vers le rocher et aussitôt, le vaisseau se plaça face à la base ennemie et lança les missiles nucléaires. Comme les missiles quittaient la navette, on entendit les missiles à neutron exploser derrière le vaisseau, ceux-ci venaient de détruire le poste de défense. Les missiles nucléaires n'avaient pas encore atteint leur cible que le vaisseau se déplaça rapidement de l'autre côté de la base ennemi. Des rayons lumineux frappèrent les rochers où se trouvait le vaisseau quelques millisecondes avant son déplacement, la base ennemie attaquait. Les missiles nucléaires atteignirent leurs cibles dans un bruit étourdissant. Une fois le nuage dissipé, on distinguait encore quelques bâtiments intacts. La vibration photonique détruisit deux missiles lancés vers la navette, par la base ennemie, avant d'aller anéantir le reste de la base.

— Jeux réussis, mentionna CADU.

— Je ne sais pas à quels jeux vous jouez dans votre siècle, mais je peux te dire qu'on dirait que tu as fait ça toute ta vie, dit Alexandre en félicitant David.

— Merci, c'est super cool, comme jeux.

Les deux jeunes hommes appuyèrent dans la paume de leurs mains et se retrouvèrent dans le centre du cylindre.

— Que voudrais-tu faire maintenant ?

— J'aimerais bien voir la ville.

— Nous appelons ça une cité maintenant. Je peux te la montrer de loin, mais nous ne pourrons pas nous rendre dans la cité, ça serait trop dangereux qu'il découvre ton identité.

— Pourquoi ? Demanda David.

— Il y a des contrôles d'identité qui se font automatiquement plusieurs fois par jour, il s'agit de poste de sondage qui prélève l'ADN qui tombe naturellement de ton corps lorsque tu te déplaces, ils nous identifient donc et peuvent ainsi connaître tous nos déplacements.

— Mais pourquoi vous surveille-t-il autant ? Je croyais qu'il n'y avait plus de vol et de violence dans votre siècle.

— C'est vrai et ces contrôles en sont la principale raison. Comment veux-tu que quelqu'un vole une autre personne, si les autorités savent en tout temps où il était et où il est présentement. Le voleur ne ferait qu'un seul vol dans sa vie.

— Qu'est-ce qui arriverait si cela arrivait, est-ce que vous avez encore des prisons ?

— Des quoi ? Demanda Alexandre.

— Des prisons, un endroit où l'on garde des criminels.

— Comme il n'y a plus de crime, nous n'avons pas ce genre d'endroit, par contre pour répondre à ta question, si jamais il y avait effectivement un crime, à ce moment l'individu fautif serait envoyé dans une clinique de reconditionnement, son cerveau serait reconditionné afin qu'il n'ait plus aucune pensée négative.

— Je comprends. Une sorte de lavage de cerveau ou il ne se souviendrait plus de son passé.

— Non, non, il garderait toute sa mémoire, sauf pour l'événement en question et toutes les pensées qui ont pu l'y conduire.

— Mais comment réussissez-vous à faire ça ? Demanda David.

— Tout simplement en éliminant son chromosome défaillant et en suggérant à son cerveau d'éliminer le souvenir de l'événement et toute pensée négative. Un peu comme le jeu holo, que nous venons de faire, agit sur notre cerveau, mais plus profondément encore.

— On devrait avoir ça dans mon temps, les prisons sont pleines à craquer.

— Pourquoi ? Les matériaux avec lesquels vos prisons sont faites ne sont pas bons ?

— De quoi parles-tu ?

— Tu dis qu'elles craquent.

— C'est une expression qui veut dire qu'il y a trop de gens à l'intérieur, pour la capacité physique du bâtiment.

Ah oui ! Je comprends. Viens, je vais te montrer la ville.

CHAPITRE 12

LE LABORATOIRE

Olivier et Étienne s'affairaient à fabriquer un nouveau magnétex moins puissant pour l'air conditionné du vaisseau. Avec l'image « holo » du magnétex, il fut facile de refaire exactement le même modèle avec les mêmes caractéristiques que le magnétex original. Ce qui fut plus difficile pour Olivier était de réduire la puissance de ce nouveau modèle et de l'installer pour qu'il fonctionne avec le climatiseur. Mais avec ses connaissances et son doigté, après 6 heures de labeur et d'essai, il annonça à Étienne que le magnétex était complété.

— Est-ce que tu crois que ça va fonctionner ?

— Oui, il ne fait aucun doute que ça fonctionne, mais je ne sais pas à quel degré ça sera efficace, j'espère juste ne pas transformer l'intérieur du vaisseau en glaçon. De toute façon, nous allons le tester sur une autre navette avant de l'installer où que ce soit. Je vais demander à Bomak s'il nous prête son vaisseau pour un essai.

Olivier contacta Bomak via un signal holographique. Comme de raison, son ami accepta avec joie.

— Qu'est-ce que je ferais pour faire avancer la science. Lui répondit, Bomak.

Olivier et Étienne se téléportèrent de nouveau chez Bomak. Une fois à l'intérieur du vaisseau de Bomak, Olivier procéda à l'installation du nouveau magnétex modifié. Il demanda à Étienne d'entrer les nouvelles données dans l'ordinateur de bord en lui mentionnant les nouveaux paramètres. Une fois le tout complété,

Olivier demanda à l'ordinateur central de chauffer l'intérieur de la navette à 30 degrés Celsius. Après quelques minutes, la température fut atteinte.

— Moins 10 degrés, s'exclama Olivier à l'ordinateur.

20 secondes plus tard, les 2 hommes grelottaient à une température de –10 degrés Celsius.

— Assez prometteur comme premier essai, mentionna Étienne. Tu m'épateras toujours.

— Nous devons pousser les tests plus que ça si l'on veut pouvoir la déclarer comme « nouvelle » invention. La seule chose que j'espère c'est que la fédération ne fera pas d'essai avec notre vaisseau. Tu as vu l'efficacité de ce système, imagines que le magnétex original est 100 fois plus puissant que celui-ci. Ceux qui le testeraient seraient condamnés à une mort certaine.

Étienne fit une grimace.

— Je n'aimerais pas mourir de cette façon. Ne crois-tu pas que nous devrions les aviser ?

— Qu'est-ce que tu penses qu'ils feront si je leur dis de ne pas utiliser l'air conditionné du vaisseau ?

— C'est garanti qu'ils le feront.

— C'est ce que je crois aussi. Pour l'instant, ça ne semble pas poser problème, alors croisons-nous les doigts. « 35 degrés ». Demanda Olivier à l'ordinateur de bord.

La température fut atteinte après 2 minutes. Un Olivier en sueur prononça.

— Moins 20 degrés.

En moins de 45 secondes, la température fut de nouveau atteinte, créant du frimas sur toutes les surfaces à l'intérieur de la navette. Étienne grelottant mentionna à Olivier que s'il voulait aller plus bas en température, il le ferait seul.

— Tu aurais dû me prévenir que nous affronterions l'Antarctique, je me serais habillé en conséquence.

— -5 degrés. Demanda Olivier en riant.

— Pourquoi –5? Demanda Étienne.

— Je ne voudrais pas que tu souffres d'un coup de chaleur.

— Ah ah, ça ne risque pas.

Après une demi-heure de variance extrême, Olivier sembla satisfait.

— Je crois que ça y est, nous avons une autre invention à notre actif.

— Tu veux dire, tu as une autre invention à ton actif, moi je n'ai absolument rien à voir avec cette invention.

— Tu sais très bien que c'est toi qui m'inspires. Sans toi je n'inventerais rien de bon.

— Bon, bon, assez de balivernes. Est-ce que l'on peut retourner à la maison maintenant ?

— Viens, allons prendre un bon verre d'alcool vitaminé.

En se rendant vers le téléporteur, Olivier dit à Étienne ;

— Tu sais, je crois que nous ne déclarerons pas l'invention tout de suite, ça ne pourrait qu'éveiller les soupçons.

— Tu as probablement raison.

— Je vais aviser Bomak que nous avons terminé, mentionna Olivier, en s'éloignant vers la pièce principale de la maison, je te rejoins au téléporteur.

Les deux hommes finissaient de remettre leurs vêtements.

— Tu sais, je pensais à quelque chose en te regardant fabriquer le nouveau magnetex. Pourquoi ne pas en fabriquer un nouveau avec la même puissance que celui de notre vaisseau ? On pourrait tout simplement l'installer dans la navette de Bomak et aller reconduire David chez lui en 2008.

— J'y avais également pensé, mais je crois qu'il n'y aura aucun vaisseau qui pourra s'approcher de l'Astron sans avoir à répondre à la fédération à leur retour. Alors il va falloir penser à une façon de dissimuler nos voyages près de l'Astron à nos petits amis.

— À quoi penses-tu exactement ?

— Je ne sais pas encore, mais il faudrait trouver une méthode afin d'empêcher le vaisseau de laisser son signal. Il faudrait qu'il y ait 0 émission d'onde. Allons prendre notre verre d'alcool vitaminé et je reviendrai plancher un peu là-dessus.

De retour dans le laboratoire, Olivier demanda à CADU de lui suggérer une solution, à son problème de détection du vaisseau, par les différents appareils connus.

— Il n'y a aucune possibilité connue de dissimuler toutes les émissions de signaux, émis par un vaisseau spatial, répondit l'ordinateur.

— Oui mais… si on prenait les différentes émissions du vaisseau, une à une. Commençons par la diffusion des ondes propagées par les appareils électroniques du vaisseau, il y a sûrement moyen de dissimuler ces ondes ?

L'ordinateur lui répondit.

— Il faut capter et emprisonner ces ondes avant qu'elles ne se rendent aux appareils de détection.

— Mais oui, c'est ça ! Je n'ai qu'à inventer un appareil capable de confiner les différentes impulsions que le vaisseau et ses équipements créent. Si je pouvais faire une sorte d'aimant à impulsion électronique qui pourrait par la suite effacer toute trace de cette énergie. « Ordi » calcule-moi toutes les ondes et signaux qui émanent de mon aéronef ?

Étienne entra dans la pièce au moment ou Olivier s'installait devant des pièces électroniques, qui étaient placées sur une plaque de plexiglas transparente qui flottait dans les airs.

— Alors tu as trouvé une solution ?

— Oui, je crois que j'ai une idée. C'est l'ordi qui m'a donné la réponse. Mais ça ne sera pas aussi simple que le magnétex, pour la concrétiser.

— Je peux peut-être t'aider à quelque chose ?

— Oui sûrement ! Laisse-moi encore quelques minutes pour mettre mes idées en place et je vais te dire ce que tu pourrais faire pour m'aider. Je dois trouver une façon de détruire les ondes qui frappent le vaisseau et empêcher le vaisseau d'émettre des ondes. Comme bien des gens avant moi avaient travaillé sur ce problème, je devrais facilement trouver des idées ou solutions.

Avec l'aide de l'ordinateur, Olivier trouva effectivement la solution du « matériel absorbant les ondes radars » (MAR), pour les ondes émises par le vaisseau ou provenant des radars terrestres. Il eut une idée à ce sujet.

— Si je ne fais erreur, je crois que si je transforme légèrement le magnétex afin de créer une enveloppe de plasma autour du vaisseau en plus du champ magnétique, ceci annihilera toute transmission d'ondes.

— Qu'est-ce que tu veux dire une enveloppe de plasma ?

— Une enveloppe de molécules gazeuses formée d'ions et d'électron, mais en condensé.

Les ondes se détruiront sur cette enveloppe, autant celles arrivant que celles qui partent du vaisseau.

— Tu m'épateras toujours, comment peux-tu trouver tout si vite, tu es certain que tu n'es pas un androïde ?

— Si j'étais effectivement un androïde, je n'aurais pas si faim.
On va manger ?

— Oui, lui répondit Étienne.

CHAPITRE 13

LES JOURNALISTES ET LA DÉSINFORMATION

Tout le remue-ménage qu'il y avait eu durant la nuit précédente, ainsi que pendant la matinée, n'avait pu passer inaperçu aux yeux des médias. Deux camions de médias différents étaient en route vers Melbourne Valley en plus d'un de leurs hélicoptères. Un agent spécial avisa le Colonel Fuller qu'il avait un signal radar de cet hélicoptère en route pour le site.

— Vous allez lui interdire l'accès en lui mentionnant qu'il y a eu chute d'un météorite radioactif. Vous aviserez les autorités de transport concernées en interdisant le site pour une zone de 1 kilomètre de circonférence. Je veux également que vous contactiez le caporal Fréchette en lui expliquant ce qu'il doit dire aux journalistes qui se présenteront sur le périmètre.

L'agent spécial rejoignit Fréchette sur son cellulaire, lorsque l'agent expliqua au caporal ce qu'il devait dire, Fréchette s'emporta et répondit qu'il ne mentirait pour personne et que si le colonel voulait faire passer cette information qu'il n'avait qu'à le faire lui-même et il raccrocha.

— Qu'est-ce qu'il voulait ? Lui demanda un de ses collègues.

— C'était un des hommes du colonel, il voulait que je les couvre en mentionnant qu'il s'agissait d'un météorite radioactif qui causait tout ce remue-ménage.

— Wow ! Ils sont gonflés ces militaires.

Le colonel se mit dans une colère terrible.

— Comment ça, il ne veut pas le faire ? Trouvez-moi le numéro et le nom de son supérieur immédiat. Nous allons bien voir.

Le sergent Boulanger fit la même réponse au colonel en lui mentionnant que son homme avait bien fait de ne pas mentir et qu'ils avaient une réputation à maintenir.

— Ça ne se passera pas comme ça. Lui répondit Fuller.

Le colonel contacta le ministre de la Sécurité publique et lui expliqua la situation en mentionnant à ce dernier qu'il s'agissait d'une situation de sécurité nationale. Il lui demanda carte blanche afin de protéger la population. Le ministre lui confirma qu'il avait toute autorité et qu'il appelait immédiatement le chef d'état-major de la sûreté du Québec. 10 minutes plus tard, le sergent Boulanger contacta le colonel Fuller.

— Comme je n'ai pas le choix, qu'est-ce que vous voulez ?

— Je veux que vous donniez l'ordre au caporal Fréchette d'agir en tant que relationniste et qu'il informe les journalistes qu'il s'agit d'un météorite radioactif.

— Ça ne fait pas partie de sa fonction, nous avons nos propres relationnistes qui sont formés pour cette tâche.

— Je m'en fou, c'est lui qui le fera. Il n'est pas question d'amener plus de curieux ici qu'il n'y en a déjà.

Boulanger appela Fréchette.

— Fréchette ?

— Oui.

— C'est Boulanger, je viens de recevoir un appel du boss.

— Lequel ? Demanda le caporal.

--- Le « big one ».

— Et ?

— Je crois que nous n'aurons pas d'autres choix que de faire ce que les gars de l'armée nous demandent. Je ne sais pas ce que vous avez fait à Fuller, mais il tient à ce que ce soit vous qui annonciez la nouvelle aux journalistes.

— Je ne suis pas relationniste.

— Je sais, je lui ai dit exactement ces paroles. Il mentionne qu'il s'en fou et que sera vous et personne d'autre.

— Personne ne peut m'obliger à mentir, pas même le premier ministre.

— C'est un ordre Fréchette et vous allez m'obéir.

— Vous êtes sourd ou quoi, sergent. Je viens de vous dire que même le premier ministre ne pourrait me faire mentir.

C'est justement le gouvernement qui a accédé à la demande du colonel en prétextant la sécurité nationale.

— Ça ne change rien pour moi, je ne mentirai pas. Alors si le colonel Fuller ne veut pas plus de curieux, il devra se servir de l'un de ses hommes pour rencontrer les médias, parce que moi, je dirai exactement ce qui se passe ici.

— J'espère que vous savez que je n'en resterai pas là. Vous risquez de vous retrouver dans… je ne sais quel coin perdu du Québec. Alors vous refusez toujours de suivre mon ordre caporal ?

— Absolument. C'est une question de principe et d'éthique.

— Vous oubliez que j'ai deux barres et que vous n'en avez qu'une.

— Votre grade, comme vous dites, ne m'oblige pas à faire quelque chose qui n'est pas moral. Nous ne sommes pas dans un état du Moyen-Orient.

— Très bien alors, vous ne me donnez guère le choix, vous êtes suspendu pour insubordination, caporal.

— J'ai bien hâte de voir ce que dira le syndicat de cette histoire de fou. Je ne crois pas que ce sera moi le perdant dans toute cette comédie. Sincèrement, je crois que vous agissez sur un coup de tête et que, lorsque vous vous réveillerez, vous allez avoir des sueurs froides.

— Lorsqu'on reçoit un ordre de son supérieur immédiat caporal, on l'exécute et c'est tout.

— Je crois que vous devriez aller vous faire soigner sergent.

Le caporal Fréchette raccrocha le combiné.

— Viens-tu vraiment de dire ça à Boulanger ?

Fréchette n'avait pas remarqué la présence de deux de ses collègues près de lui.

— Boulanger en personne, il vient de me suspendre pour avoir refusé d'obéir à son ordre de con. Le ministre de la Sécurité publique aurait appelé le directeur général de la SQ pour lui ordonner de collaborer avec l'armée et de faire tout ce qu'il demandait sans poser de question.

— Vous avez bien fait de refuser caporal. Si vous aviez mentionné au média ce que le colonel vous demande de dire et que par la suite la vérité sorte… Qu'est-ce que vous croyez que l'armée dirait ? Qu'il s'agissait de sécurité nationale et qu'il ne voulait pas avoir de mouvement de panique. Moi je crois qu'il nous donnerait tout le blâme à la sûreté et qu'ils n'ont pas démenti ne voulant pas nous faire paraître pour des menteurs. Et, le menteur en question, ça serait vous, caporal.

— C'est également ce que je crois. Dit Fréchette.

L'un des deux policiers qui n'avaient pas encore parlé dit ;

— De toute façon, tout le monde sait, que Boulanger, est vraiment un con. Il croit que son grade lui donne tous les pouvoirs et qu'il n'y a que lui qui ai raison. Tant que vous dites comme lui, vous avez la paix, mais dès que vous le contrariez en lui tenant tête, il essaie de vous écraser. Il en a fait quitter plusieurs et ce, sans raison justifiable.

— Je vais appeler la ligne d'urgence du syndicat et leur expliquer la situation. Après, j'irai remettre mon insigne et mon arme au Q.G (quartier général).

Le colonel raccrocha fou de rage.

— Ces foutus gars de la police, pas fichus de suivre les ordres. On ne verrait pas ça dans l'armée. Lieutenant, vous allez vous rendre sur le périmètre établi pour les médias et vous allez faire le point de presse que Fréchette devait faire.

— Qu'est-il arrivé à Fréchette mon colonel ?

— Il est suspendu pour insubordination, il ne voulait pas obéir aux ordres de son supérieur.

— Vous ne craigniez pas qu'il parle aux médias ?

— De toute façon qui croirait ce qu'il dirait, ben voyons, des petits bonshommes vert. Pourquoi pas des lutins quand qu'à y être ?

Les deux hommes se quittèrent dans un grand éclat de rire.

Les journalistes firent donc leurs comptes rendus à leurs rédacteurs respectifs en mentionnant qu'il s'agissait d'un météorite radioactif, ce qui expliquait tout ce remue-ménage dans la région. Personne ne mit en doute la parole du lieutenant de l'armée. Nulle part, il ne fut mentionné la disparition d'un jeune garçon. Le colonel Fuller lui-même contacta Jean-Louis et Sylvie et leur expliqua la situation. Qu'il ne voulait pas créer une panique générale en mentionnant que des extras terrestres enlevaient de jeunes Terriens et que c'était pour cette raison qu'ils devaient également garder le secret. Et d'expliquer à leur fille de faire pareil. Jean-Louis raccrocha en le remerciant d'avoir pris le temps de l'appeler et qu'il comprenait la situation.

— Je me fous bien de ce que les journaux écrivent. Ce que je veux c'est retrouver David. Dit Sylvie.

Chapitre 14

Voluptia

Alexandre présenta un pot contenant un liquide incolore à David.

— C'est un liquide qui nous protègera des rayons nocifs du soleil ainsi que de l'acidité de la pluie. Vois-tu, la couche d'ozone ayant été presque entièrement détruite, dû aux bombes nucléaires, cette lotion est maintenant indispensable, afin d'éviter les effets nocifs des rayons solaires. Pour une période de 20 minutes et moins, il n'y a pas de problème, mais pour une période plus longue, ça peut devenir dangereux. Les deux jeunes appliquèrent le liquide à toutes les parties du corps non couvertes par leurs vêtements avant de se téléporter.

David n'en croyait pas ses yeux, il avait devant lui une ville du futur, c'était tout simplement merveilleux. Rien dans ses rêves les plus fous n'aurait pu le préparer à ça. Tous les immeubles étaient de forme conique en verre noir ou bleu, il n'y avait aucune route, aucun trottoir. Il apercevait un genre de tunnel en verre transparent qui semblait suspendu dans les airs avec des connexions à chaque immeuble. Il pouvait également apercevoir d'énormes boules d'acier filer à toute vitesse dans ce même tunnel. Il y avait des fontaines immenses en plein centre de la ville ainsi que des parcs verdoyants de végétation.

— Je croyais que vous aviez dit qu'il n'y avait presque plus de forêt à votre époque ?

— C'est vrai, ils ont planté ces arbres lorsqu'ils ont construit Voluptia. C'est le nom de cette ville. Mais tu dois comprendre que nous ne pouvons pas reboiser tout ce qu'il y avait avant, comme la forêt d'Amazonie, les forêts de la Colombie-Britannique, la forêt boréale et toutes les autres forêts vierges qui avaient des centaines d'années. Ces forêts représentaient le poumon de la planète. Les arbres que nous avons replantés, sont minuscules comparés aux arbres de 30 mètres de hauteur qu'il y avait dans certaines forêts amazoniennes.

— Nous ne pourrons jamais remplacer ces forêts qui furent détruites volontairement par l'homme.

David n'écoutait plus, il était toujours en admiration devant la ville du futur. Il pouvait apercevoir d'immenses terrasses vertes sur les toits de certains immeubles. Il apercevait également des vaisseaux spatiaux de toutes dimensions sur d'autres toits.

— Est-ce que nous pouvons aller visiter ?

— Je ne suis pas certain que ce soit très sécuritaire, comme il y a prise continue de l'ADN, je pense qu'il se poserait énormément de questions s'ils découvraient qu'ils n'ont aucune donnée sur toi.

— Mais je pourrais être un voyageur d'un autre pays ?

— Tous les pays sur la terre ont maintenant ce système de reconnaissance et tous les êtres humains de la terre font partie de la banque de données. Dès la naissance, le gouvernement connaît ton existence.

La déception se lisait sur le visage de David, mais il comprenait la situation.

— Est-ce que les gens voyagent dans les boules d'acier ?

— Oui, effectivement. Répondit Alexandre.

— Mais pourquoi n'utilisent-ils pas la machine de téléportation?

— Parce qu'on n'a pas besoin de machines pour faire des allers simples comme ça. Le tunnel de transportation est très rapide et également très simple à utiliser. Les gens n'ont qu'à donner leurs destinations respectives à l'ordinateur de bord et l'autosphère les conduits où ils le veulent.

— Est-ce que les gens travaillent encore autant ?

— Non, la nanotechnologie et la robotique ont tout transformé. Aujourd'hui, il y a des robots qui sont presque humains, ils font tout le travail qui était jadis effectué par l'humain en plus de servir les humains.

— Mais je n'en ai vu aucun chez Bomak ?

— Non, Bomak n'a que ses nanorobots pour la médecine. Il refuse de prendre un robot tant qu'il sera capable de s'occuper de lui-même et de sa maison. Personnellement, nous en avons un, je te le montrerai plus tard.

— Alors qu'est-ce que les gens font pour s'occuper ?

— La plupart des gens travaillent soit pour le gouvernement central, soit dans la recherche, pour trouver des solutions aux problèmes de la planète ou dans le domaine de la santé. Les gens qui ne sont pas chercheurs s'occupent des personnes âgées ou malades et des jeunes enfants.

— Je croyais qu'il n'y avait plus de maladie, que vous aviez trouvé un remède pour tout ?

— Je dirais qu'on peut soigner toutes les maladies qu'il y avait à ton époque, depuis la découverte du génome humain tout est beaucoup plus facile. Malheureusement de nouvelles maladies apparaissent sans cesse et elles sont de plus en plus complexes à traiter. Certaines de ces maladies proviennent de l'espace, d'autres des profondeurs de l'océan. Comme les déplacements intergalactiques sont maintenant chose courante et que les gens ont accès à tous les coins de la planète, de nouveaux germes sont apparus et les traitements connus sont encore inefficaces contre ces nouveaux microbes.

— Est-ce que les enfants vont toujours à l'école ?

— Les centres de formation ont beaucoup évolué depuis ton époque. À l'âge de 5 ans, nous recevons un implant de la connaissance, qui inclut tout ce dont nous aurons besoin pour notre vie future. Nous avons également des tuteurs qui nous enseignent ce que les implants ne peuvent nous apprendre, c'est à dire, l'honneur, la loyauté, le respect, l'amitié, l'amour. Bref toutes les choses qui ont rapport au cœur. Notre apprentissage se termine lors de nos 10 ans.

— Mais que faites-vous après, vous travailler ?

— Nous voyageons à travers la planète afin de parfaire notre connaissance.

— Combien de temps voyagez-vous ?

— Pendant 5 ans, nous ferons le tour de la terre ainsi que tous les océans.

— Vous quittez vos parents pendant 5 ans ?

— Mais non, comme tu le sais déjà, nous pouvons aller, où nous voulons instantanément, alors nous revenons ici chaque soir. Quelquefois nous pouvons demeurer 2 jours, ce qui aide à acquérir notre indépendance. La journée de notre 16e anniversaire, nous décidons ce que nous ferons, selon nos dispositions.

— Wow ! Trop cool ! S'exclama David.

— J'avais oublié que ta génération utilisait ce genre d'expression. Qu'est-ce que ça veut dire exactement ?

— Que c'est super ou génial.

— Je comprends, répondit Alexandre.

David continuait à examiner Voluptia. Il apercevait un immense immeuble de verre noir avec une immense boule représentant la planète qui flottait tout en haut de l'immeuble.

— Qu'est-ce que c'est que cet immeuble ? Demanda David.

— C'est le quartier général du gouvernement central.

— Est-ce que le gouvernement est contesté aujourd'hui ?

— Non. Vois-tu, ceux qui dirigent le gouvernement central ne sont nommés que pour 2 ans maximum et proviennent de toutes les sphères de la société, alors ils représentent vraiment ce que les citoyens veulent et n'ont pas de parti-pris.

— Tous ceux qui travaillent pour le gouvernement ne travaillent pour eux que pour 2 ans ?

— Non, seulement la direction du gouvernement. Les employés eux sont nommés à vie.

— Est-ce qu'il y a toujours un Premier ministre ou un Président ?

— Non, il s'agit d'un groupe de 12 personnes qui représentent le gouvernement central. Les décisions sont prises par ces mêmes 12 personnes.

— Il n'y a pas une personne plus importante que les autres dans ce groupe de 12 ?

— Non, ils sont tous égaux.

David continua à scruter la ville. Il put également apercevoir un immense lac recouvert d'un dôme qui semblait en verre. Le lac se trouvait tout près du centre de la ville, l'eau était d'une limpidité surprenante. David devina la silhouette de plusieurs personnes qui se baignaient dans le lac. Tout en indiquant le lac, David demanda à Alexandre s'il s'agissait d'un lac naturel ?

— Oui, c'est effectivement un lac naturel, mais nous avons du traité l'eau qu'il y a dedans. L'eau fut d'abord débarrassée de toute son acidité, filtrée, purifiée et oxygénée.

— Je pensais bien aussi que l'eau ne pouvait pas être aussi limpide naturellement.

Tout au bout de la ville un peu en retrait, David voyait un immense bâtiment qui ressemblait à une serre. Le bâtiment avait au moins 2 kilomètres de long par ½ kilomètre de largeur.

— Est-ce que ce bâtiment est une serre ?

— Je ne sais pas si c'est bien une serre comme tu dis, je ne me rappelle pas ce terme, mais il s'agit de l'Arborium. C'est l'endroit où nous préparons tous les arbres que nous allons transplanter sur la planète.

— Il s'agit bien d'une serre dans ce cas. Une serre est un endroit intérieur où il y a une culture de plante ou autres végétaux.

— Nous avons également d'autres bâtiments sur la planète dans lesquels nous préparons d'autres plantes ainsi que des légumes.

— Mais est-ce qu'il y a toujours des cultures à l'extérieur ?

— Tu veux dire à l'air libre ? Non, à cause des problèmes causés par la pollution, la couche d'ozone et les pluies acides, il n'y a plus rien de comestible qui pousse à l'extérieur.

— Comment font les arbres pour pousser alors ?

— C'est pour cette raison qu'il y a ce bâtiment, nous modifions les arbres génétiquement pour qu'ils puissent résister à tous ces problèmes.

— Alors, pourquoi ne pas modifier les fruits et légumes également ?

— Parce qu'ils sont pour la consommation et que la modification apporte d'autres problèmes plus graves lors de l'ingestion de ces aliments. Des problèmes d'ordre médicaux.

— Je comprends dit David. Tout en continuant à scruter la ville. Pourquoi est-ce que les immeubles sont tous faits en rond ?

— Selon nos scientifiques, c'est la forme qui est la plus résistante aux forces du vent et aux secousses sismiques. Répondit Alexandre. Maintenant lorsque nous construisons un immeuble qui a plus de 4 étages, il doit être comme ceux-ci.

— Tu as mentionné que plus rien ne poussait à l'extérieur, qu'est ce qui arrive avec le bétail ?

— Après les bombes, il n'y avait plus aucun animal de vivant sur terre. Nos chercheurs ont donc prélevé de l'ADN et ont créé les animaux en laboratoire. Pendant 2 années entières, ils ont fabriqué de la viande en laboratoire. Par la suite, il y avait assez d'animaux pour assurer notre subsistance.

— Oui, mais de quoi se nourrissent-ils, si plus rien de comestible ne pousse à l'extérieur ?

— Nos savants ont créé un aliment de substitut pour les animaux.

— Oui, mais qu'est-ce qui les empêches de manger l'herbe ?

— Les animaux ont un odorat beaucoup plus développé que nous, ils ont immédiatement senti que l'herbe était fatale pour leurs survies et ne la mange pas. De plus comme ils sont nourris aux aliments spéciaux depuis leurs naissances, ils ne veulent que ça.

Alexandre demanda à David ce qu'il aimerait faire maintenant.

— J'aimerais bien aller visiter quelques pays, est-ce possible, crois-tu ?

— Tant que nous n'allons pas dans les citées, il n'y aura aucun problème. Répondit Alexandre.

Le ciel qui était d'un bleu pur à leur arrivé sur la colline devint noir en un rien de temps.

— Wow ! C'est rapide comme changement de température.

Alexandre qui observait le ciel commença à marcher rapidement vers l'appareil de télétransportation et mentionna à David ;

— Il faut se dépêcher, il va y avoir un orage électrique et il ne faut pas se trouver à l'extérieur lorsque ça se produira.

— Des orages électriques ? Il y en a souvent ?

— Oui malheureusement ça se produit fréquemment. C'est dû au débalancement de la planète. Comme la terre ne tourne plus sur son axe naturel, la température est très instable, nous avons maintenant des tornades, des orages, des tempêtes tropicales, des ouragans, des cyclones, des blizzards ainsi que des pluies acides torrentielles partout sur la planète, et ce à n'importe quelles saisons.

Comme les deux jeunes se pressaient vers le télétransporteur, ils entendaient au loin des bruits que produisaient les éclairs qui frappaient la terre. David se retourna rapidement pour regarder derrière lui, il vit plus d'une vingtaine d'éclairs frapper le sol au loin, le spectacle bien qu'effrayant avait quelque chose de merveilleux en même temps. Les deux jeunes se dévêtir rapidement et Alexandre entra les coordonnées pour le retour. Une fois de retour à la maison d'Alexandre, David lui demanda.

— Lorsque j'ai regardé les éclairs tout à l'heure, il m'a semblé qu'ils frappaient toujours au même endroit ?

— Oui c'est les « paras cumulateurs ».

— Des quoi ?

— Para pour para éclair et accumulateur parce que nous avons réussi à capter la force de l'éclair et transformer sa puissance pour en faire de l'énergie. En réalité, c'est la puissance des éclairs qui fait fonctionner tous les besoins en énergie de la ville.

— Tu veux rire, ça veut dire qu'il n'y a aucun coût au chauffage, à la lumière, à l'électricité que vous employez ?

— Pour ce qui est de l'électricité, je ne suis pas certain de me rappeler c'est quoi ? Mais non, effectivement, ça ne coûte rien, sinon l'entretient des composantes, servant à entreposer l'énergie produite.

— L'électricité, c'est ce que nous utilisons présentement, je veux dire en 2009 comme énergie, ça avec le mazout ou le gaz propane ainsi que le charbon.

— Oui, je me souviens dans mon cours d'histoire, de tous ces fils qui pendouillaient d'un gros poteau à l'autre et qui allaient dans les maisons. Vous ne trouvez pas ça laid ?

— Certaines villes ont commencé à enfouir leurs fils électriques, ils ne paraissent plus. Mais moi je suis habitué, ça ne me dérange pas. Mais qu'est-ce qui arriverait s'il n'y avait plus d'orage, comment subviendriez-vous au besoin d'énergie ?

— Avec les centrales d'antimatières. Nous captons l'énergie des éclairs pour que ce soit moins dangereux pour les humains, mais comme il s'agissait d'un immense potentiel énergétique, pourquoi ne pas en profiter ? Ne t'en fais pas, de nos jours, nous contrôlons parfaitement l'énergie et la production suffit amplement à la demande.

CHAPITRE 15

LA REMISE DU VAISSEAU

Les nouveaux techniciens de la firme externe n'avaient rien trouvé de plus que ceux de l'agence.

Un des deux techniciens, Lili, avait reconnu l'appareil pour avoir déjà monté à bord à deux reprises dans le passé. Elle connaissait bien son propriétaire, Olivier Bruneau. À plusieurs reprises, Olivier l'avait aidé à régler des problèmes techniques complexes qu'elle n'arrivait pas à régler dans son emploi. Elle n'avait posé aucune question au sujet de l'enquête et s'était contentée de faire ce qu'on lui demandait. Lors de leur inspection du vaisseau d'Olivier, elle avait entendu un des deux techniciens de l'agence demander à l'autre où serait le meilleur endroit pour installer les micros ? L'autre technicien avait fait signe à celui qui venait de parler de se taire, tout en vérifiant si les deux techniciens (de la firme) à l'intérieur de l'astronef les écoutaient. Comme ils étaient tous les deux affairés sous les tableaux de commande, le technicien en conclut qu'ils étaient trop concentrés pour avoir entendu, par la suite, les deux techniciens de la firme avaient quitté le vaisseau.

Tarek avait exigé l'installation de micros ultras sophistiqués et non détectables. Suite au départ des deux techniciens externes, les techniciens de l'agence avaient donc installé ces 2 micros minutieusement sous l'œil attentif de Tarek.

Après avoir terminé son repas du soir, Lili se rendit immédiatement au domicile d'Olivier à bord de son NSPPS. Olivier venait de revenir de son labo lorsqu'il entendit l'ordinateur l'aviser de l'arrivée d'une certaine Lili Boisvert. Étienne, qui était resté chez Olivier pour savoir s'il avait trouvé une solution aux problèmes de détections du vaisseau, regarda Olivier avec questionnement.

— Ce n'est rien, lui répondit Olivier, c'est une technicienne en appareil scientifique que j'ai aidé à quelques reprises dans le passé, elle doit avoir un autre problème qu'elle n'arrive pas à régler. Tu verras c'est une gentille fille.

Lili s'excusa de ne pas avoir prévenu de son arrivée via le système holo.

— Vous allez comprendre pourquoi après que je vous aurai dit la raison de ma venue.
Lili raconta l'appel de la FDZT et l'examen du vaisseau d'Olivier ainsi que les paroles prononcées par le technicien de l'agence.

— Je ne sais pas ce qu'ils vous veulent et je ne veux pas le savoir non plus. Je sais que vous êtes de bonnes personnes et que vous voulez toujours aider les autres, vous m'avez souvent aidé et je voulais vous rendre service à mon tour. Je ne voulais pas prendre le risque qu'ils interceptent mon signal holo, c'est pourquoi je ne me suis pas annoncée avant ma venue.

Olivier, remercia Lili et lui dit de ne pas s'inquiéter que tout était correct. Qu'elle avait bien fait de les prévenir et qu'elle ne devait jamais hésiter à venir lui demander son aide, pour quoi que ce soit.

— Dis-moi une dernière chose, est ce que les techniciens de l'agence sont au courant que tu les as possiblement entendus ?

— Non, j'étais affairée à examiner le dessous des panneaux de commandes lorsqu'ils ont parlé des micros et je suis certaine qu'ils ne se doutent de rien. Normalement, je n'aurais pas porté attention à leurs discussions mais, comme j'avais reconnu votre vaisseau, j'avais un intérêt particulier.

Lili quitta la maison, laissant les deux hommes seuls dans la maison.

— J'étais certain qu'ils nous préparaient un coup comme ça, dit Olivier. J'allais passer un appareil de détection de toute façon, mais maintenant nous savons qu'ils ne nous croient pas.

— Moi je pense qu'ils ne veulent tout simplement prendre aucun risque, c'est probablement ce Tarek qui est la cause de tout ça, même ses employés ne semblent pas l'apprécier, ajouta Étienne.

— Tu as probablement raison, je l'avais remarqué également.

— Bon maintenant, qu'allons-nous faire ? Demanda Étienne.

— C'est simple, nous allons faire comme si nous n'étions pas au courant et nous allons continuer à nous rendre près de l'Astron, avec mon vaisseau, mais nous prendrons le tien pour continuer nos voyages temporels.

— Mais je n'ai pas de vaisseau.

— Et alors, on peut très bien t'en acheter un, non ?

— Oui, mais ils nous surveilleront de près.

— C'est certain qu'avant, je dois trouver le moyen de nous dissimuler complètement de toutes détections, mais une fois ceci fait, nous n'aurons plus rien à craindre.

Tarek demanda à Marianne de venir le rejoindre dans son bureau via le système holo. Marianne arriva quelques minutes plus tard.

— Bon nous allons leur remettre leur vaisseau demain matin. J'ai fait tester les micros et tout est fonctionnel. Nous allons bien voir si tout ce qu'ils nous ont dit est vrai. Moi, je crois que nous allons faire une découverte étonnante à leur sujet. Déclara Tarek.

— Pour ma part, je crois qu'ils n'ont rien à se reprocher, mais nous verrons bien. Mentionna Marianne.

— Vous pouvez les aviser par messages holo que le lieutenant Lokman ira les chercher demain matin vers 09 h 00 pour leur remettre leur vaisseau.

Lorsqu'Olivier eu finit la discussion avec Marianne via l'holo, il repensa à la fois où elle était venue chez Bomak et qu'il l'avait invité à souper. Était-elle d'accord avec ce plan de micro ? Était-elle au courant ? C'est vrai qu'elle a quand même un travail à faire, se dit-il. De toute façon, nous verrons bien ce que l'avenir nous réserve. Olivier avisa Étienne que la FDZT viendrait les prendre demain matin vers 09 : 00.

— Qu'est-ce qu'on fait au sujet des micros ? Demanda Étienne.

— Nous ne faisons rien. Nous les laissons à l'endroit où ils sont et nous parlerons exactement comme si tout ce que nous leur avons dit était la pure vérité, le magnétex, l'Astron, l'air conditionné qui n'était pas au point. Nous allons même nous payer la tête de Tarek, fais-moi confiance.

— Très bien, il faudra aviser Alexandre et David.

À 09 : 00h, précise le lendemain matin, le lieutenant Lokman atterrissait devant la maison d'Olivier. Lokman était toujours aussi sympathique que lors de leur première rencontre. Il les conduisit directement à leur vaisseau. Lokman avait blagué tout le long du trajet avec les deux hommes. Marianne regarda Olivier monter à bord de son vaisseau via un moniteur de surveillance. Elle ne voulait pas avoir à lui mentir face à face. Elle savait que si elle se trouvait près de lui, elle risquerait de lui donner des indices au sujet des micros. Même si elle était certaine qu'Olivier ne ferait rien de mal contre la planète, il n'en restait pas moins qu'il pourrait dire ou faire quelque chose de compromettant qui ne plairait pas à Tarek et il pourrait lui attirer des ennuis.

Elle résista à l'envie d'aller le retrouver avant son départ. Une fois cette enquête classée, elle trouverait sûrement une occasion de le revoir. Le commandant Tarek se trouvait dans la salle de commandement et attendait que les deux hommes commencent à parler. Il était impatient d'entendre leurs échanges.

— Je ne comprends toujours pas pourquoi, il ne nous croyait pas. Dit Olivier. Pourtant avec tous les savants qu'ils ont à leur disposition, ils devaient savoir que l'Astron est instable et qu'il est impossible d'y pénétrer sans risquer de disparaître à jamais.

— C'était quand même spécial de voir le vaisseau inversé, qu'en penses-tu ? Quel phénomène a pu causer ça ? Demanda Étienne à Olivier en lui faisant un clin d'œil.

— Possiblement un flux d'énergie provenant du trou noir. Je comprends la fédération de s'être posé des questions. Qu'est-ce que tu penses de ce Tarek ? Demanda Olivier à Étienne.

— Tu sais, moi les gars de l'armée, je n'en pense pas grand-chose.

Olivier fit à son tour un clin d'œil à Étienne.

— Moi je trouve qu'il ressemble au primate, qu'il y avait dans les zoos au 21e siècle. Il semble avoir la même intelligence en plus.

Marianne, Lokman ainsi que les deux techniciens dans la pièce furent incapables de s'empêcher d'éclater de rire devant Tarek, qui était maintenant écarlate. Il se leva d'un bond et quitta la pièce.

— Qu'est-ce qu'on fait maintenant ? Dit Étienne.

— Je vais compléter les tests pour l'air conditionné, une chance qu'ils n'ont pas décidé de le tester, il y aurait possiblement eu des morts.

— Mort gelé, imagine… ça ne doit pas être drôle ! S'exclama Étienne avec un grand sourire.

Les deux hommes retournèrent chez Olivier. Étienne éclata d'un rire fort à sa sortie de l'astronef.

— Il ressemble au primate qu'il y avait dans les zoos. Répéta-t-il, tout en riant plus fort. Imagine la tête qu'il a faite lorsqu'il a entendu ça.

Olivier dit, en riant également.

— J'espère juste que la pièce était pleine et qu'ils se sont tous payé la tête de leur chef.

Tout en continuant à rire, ils entrèrent dans la maison. Lokman mentionna à Marianne ;

— Je crois que nous pouvons fermer ce dossier. Ils n'ont visiblement rien à se reprocher.

— C'est ce que j'ai dit à Tarek dès le début. Je ne suis pas certaine par contre qu'après ce qu'il vient d'entendre, il voudra lâcher le morceau si facilement. Il voudra sûrement se venger.

Marianne n'aurait jamais pu si bien dire. Tarek était dans son bureau et fit voler en éclat un bibelot qui se trouvait sur son plan de travail.

— On verra bien, c'est qui le primate entre toi et moi. Je finirai bien par te trouver quelque chose qui me permettra de te rendre l'appareil.

Le lendemain, le lieutenant Lokman demanda au commandant s'il fermait le dossier Astron.

— Nous allons continuer de les écouter jusqu'à ce que je décide que c'est assez. Avez-vous compris Lieutenant ?

— Oui mon commandant. Mentionna Lokman tout en s'éloignant.

Lokman croisa Marianne dans le couloir.

— Tu avais raison au sujet du commandant, il veut se venger à tout prix.

CHAPITRE 16

ANTOINE ET SES AMIS

Antoine raccrocha l'appareil et regarda les 3 garçons dans sa chambre.

— Et puis demanda l'un d'eux ?

Il s'agissait de trois amis respectifs d'Antoine et de David. Antoine répondit ;

— Ils ne l'ont toujours pas retrouvé et en plus, ils me cachent quelque chose.

— Comment ça, il te cache quelque chose ?

— Le père de David m'a dit que s'il y avait tous ces gars de l'armée, c'était parce qu'il y avait une météorite radioactive. Moi je ne crois rien de tout ça. Il y a quelque chose de bizarre dans toute cette histoire. Ils retrouvent le vélo accidenté de David dans un sentier de Melbourne Valley, mais plus de David. Ils font appel à la police et ces derniers appellent à leur tour l'armée. Vous ne trouvez pas ça bizarre vous trois ?

Marc Antoine, le plus vieux des garçons dans la chambre, prit la parole.

— Mais il se peut aussi que David soit mort frappé par cette météorite.

— J'y avais pensé également, mais son père et sa mère seraient au courant et je ne crois pas qu'ils seraient si affolés. Ils seraient plutôt en larme et dépressif.

— Oui ça c'est vrai. Dit l'un des trois garçons.

— Moi je pense qu'on devrait aller voir le sentier nous-mêmes. Mentionna Antoine. Si c'est vraiment une météorite, elle doit y être encore ou nous verrons les dommages qu'elle a causés.

— Oui, mais, tu n'y penses pas, dit Marc Antoine, l'armée et la police ont établi des barrages, ils empêchent tout le monde de se rendre au site. Comment ferons-nous ?

— Tu sais très bien qu'il n'y a personne qui connaît mieux cette forêt que nous. Je suis certain qu'ils ne surveillent pas tous les sentiers, du moins pas les sentiers aériens, si tu vois ce que je veux dire. Dit Antoine avec un sourire narquois.

Les trois autres jeunes réagirent aussitôt, ils avaient oublié ce détail. Cela faisait au moins 2 ans qu'ils ne s'étaient pas servis des cordes qu'ils avaient installées dans plusieurs arbres de la forêt. Il y avait un grand réseau de corde qui avait été installé dans tous les coins de la forêt et ces cordes permettaient aux jeunes de se glisser d'arbre en arbre sans devoir marcher dans les sentiers.

Antoine à la tête du groupe, les quatre jeunes prirent la direction du vieux pont menant à Melbourne. — Il faudra être très silencieux et éviter de faire tomber des feuilles.

— Mais si jamais il y a vraiment une météorite et qu'elle est réellement radioactive, est-ce que tu y as pensé Antoine ?

— Oui, j'y ai pensé. Si c'est vraiment radioactif, les gars de l'armée porteront des vêtements de protection, mais s'il n'y a rien de dangereux, ils ne se protègeront pas.

Marc Antoine regarda ses amis et leur dit ;

— Il ne faut jamais se fier aux apparences, ce n'est que de la manière qu'il se coiffe. Les quatre garçons éclatèrent de rire.

— Les jeunes dissimulèrent leurs vélos derrière la vieille usine des Trudeau. La forêt de Melbourne Valley commençait à cet endroit. Ils commencèrent à marcher le long du sentier, tout en prenant bien soin de regarder loin devant eux afin d'apercevoir tout mouvement suspect. Ils ne marchaient que depuis 10 minutes lorsqu'ils entendirent une discussion entre deux hommes. Il s'agissait de deux agents de la Sureté du Québec qui discutait de chose anodine. Les jeunes n'eurent aucune difficulté à contourner ce premier contrôle. Aussitôt que les garçons arrivèrent au début de leur parcours aérien, ils ne prirent aucun risque et grimpèrent dans la cime des arbres. Cette forêt était très ancienne et les arbres, plus que centenaires, étaient gigantesques. Les jeunes glissaient sur les cordes à plus de 20 mètres du sol. C'est par cette voie aérienne qu'ils aperçurent un autre point de contrôle. Cette fois-ci les deux agents semblaient aux aguets et les garçons se regardèrent tous en même temps. Antoine fit signe de ne plus bouger et de ne plus faire de bruit. Il pensa momentanément à lancer une pomme de pin en direction contraire pour attirer leurs attentions, puis le destin se chargea de les aider à sa façon. Antoine aperçut un chevreuil qui venait en sens opposé. Le cervidé serait bientôt à la vue des deux policiers. Comme il l'avait pensé, les deux hommes se mirent à observer le chevreuil tout en se dissimulant pour ne pas être vus de lui. Ils le suivirent, s'éloignant de leur poste. Antoine fit signe aux autres d'y aller. Les jeunes s'éloignèrent rapidement vers le centre de la forêt. Ils ne croisèrent plus aucun poste de contrôle avant d'apercevoir le campement de l'armée près de la clairière.

Comme Antoine l'avait prédit, plus aucun membre du personnel ne portait d'habit spécial. Antoine regarda le site avec les jumelles qu'il avait apporté dans son sac à dos. Il ne pouvait pas apercevoir le site en entier de l'endroit où il se trouvait, mais il en voyait assez pour savoir qu'il n'y avait jamais eu de météorite, radioactif ou non. Antoine voulait tout de même en voir un peu plus. Il s'approcha donc tout près du campement. Il aperçut un ruban orange qui délimitait un rond dans la clairière. Les plantes qui étaient légèrement écrasées lors de l'arrivée de la SSES avaient retrouvé leurs états naturels.

Le Colonel Fuller, sorti de la tente au moment même où Antoine observait la clairière. La première chose que le colonel aperçut fut l'éclat des jumelles.

Il fit semblant de rien et continua son chemin vers la tente où les équipements électroniques se trouvaient. Il referma la porte et mentionna immédiatement, aux hommes à l'intérieur :

— Messieurs, nous avons un ou des intrus. Tous à vos postes. Je veux un balayage immédiat de la zone aux détecteurs de chaleur. La cible se trouve à plus de 20 mètres à onze heures dans les arbres. Je veux savoir combien ils sont et où ils sont ? Prévenez les hommes responsables de la sécurité du camp par code. Je ne veux aucun mouvement rapide avant mes ordres. Que tous les hommes se positionnent en attendant la suite !

À peine 40 secondes après sa demande pour le détecteur de chaleur, le soldat responsable lui mentionna qu'il y avait 4 hommes dans les arbres à 3 heures (l'est) du campement. Toujours le même soldat ;

— Je crois qu'il s'agit d'adolescent mon Colonel, selon leurs corpulences.

— Donnez la position et le nombre aux hommes pour qu'ils prennent position.

Antoine venait juste de ranger ses jumelles dans le sac à dos lorsqu'il aperçut plusieurs soldats se déplacer tout autour du camp et autour d'eux. Le problème pour les hommes du SSES était qu'ils se trouvaient au sol à plus de 20 mètres de leurs cibles. Le Colonel Fuller ordonna à deux de ses hommes de se munir de lance-flamme et de se rendre, un à 12 (au nord) de la cible, et l'autre à 6 (au sud) et d'une façon très calme.

Un des lieutenants qui se trouvait dans la tente avec Fuller le questionna du regard lorsqu'il donna son dernier ordre.

Fuller qui avait perçu son regard répondit ;

— Si aucun de nos hommes, et aucun des hommes de la police locale n'a aperçu ces intrus, c'est qu'ils se promènent d'arbre en arbre et la seule façon de le faire est avec l'aide d'une corde. La corde, ça brûle lieutenant.

Les deux hommes qui portaient les lance-flammes reçurent l'ordre via leur oreillette de chercher dans les arbres une corde et lorsqu'ils auraient le OK, de brûler cette dernière. Les hommes n'eurent aucune difficulté à trouver les cordes en question et ils se postèrent dessous celles-ci, en attendant les ordres.

Antoine fit signe aux 3 autres qu'ils devaient quitter rapidement. Aussitôt que les jeunes se mirent en mouvement, le colonel, qui surveillait dans l'embrasure de la porte de la tente, sortit muni d'un mégaphone.

— « Vous êtes dans une zone sécurisée, veuillez-vous immobiliser immédiatement sous peine d'être sévèrement blessé ».

La voix du colonel résonnait dans les arbres, les 3 autres garçons se figèrent sur place, mais Antoine continua son chemin. Il se retourna et fit signe aux autres de le suivre.

Le commandant donna l'ordre aux 2 hommes avec les lance-flammes, d'intervenir. Les 2 soldats s'exécutèrent sur-le-champ et appuyèrent sur la détente en visant la corde que se trouvait au-dessus d'eux. La corde prit feu instantanément. Le colonel donna ordre à ses hommes de se préparer à grimper dans les arbres. Voyant qu'il n'y avait plus de fuite possible et voulant éviter qu'un de ses amis ne soit blessé, Antoine cria ;

— On ne fait que s'amuser, nous sommes des enfants. (Ce mot sonna faux à ses oreilles, lui qui reprenait toujours ses parents en leur mentionnant qu'il n'était plus un enfant, mais bien un ado. Dans la situation présente, il croyait que c'était le meilleur terme à utiliser).

— Descendez tranquillement des arbres où vous êtes et n'essayez pas de vous enfuir, il ne vous sera fait aucun mal. Mentionna le colonel, en s'avançant de l'endroit d'où provenait la voix d'Antoine. Les jeunes descendirent à l'aide des cordes qui étaient maintenant coupées. Le colonel regarda les jeunes qui se trouvaient maintenant au pied des arbres, il ne put s'empêcher d'avoir une certaine admiration pour ces jeunes.

— Que faites-vous là ?

Antoine prit une autre fois la parole.

— David est notre ami et nous venions voir si nous pouvions aider à le trouver.

— Vous saviez fort bien que l'endroit était sécurisé et qu'il était interdit de venir près du site.

— Parlons-en de l'interdiction. N'était-il pas censé y avoir une météorite radioactive ici ? Si c'est le cas, expliquez-nous pourquoi, aucun de vous, ne portez de combinaison sécuritaire ?

— J'avais souvent entendu parler de la génération Y, mais je n'avais jamais eu affaire à eux, est-ce que vous êtes tous comme ça, votre génération ?

— Comment ? Dit Antoine. Qu'on ne gobe pas tous ce qu'on nous dit, les yeux fermés ou qu'on se tienne debout face à nos semblables ?

Le colonel demanda l'âge d'Antoine.

— Nous avons tous 15 ans, en indiquant également ses trois amis.

— Et bien garçon, si jamais l'armée t'intéresse, reviens me voir dans 2 ans et je te promets une place parmi nous. Pour l'instant, je trouve très louable que vous veniez à la recherche de votre copain, mais nous nous en occupons et malheureusement vous ne seriez d'aucune utilité. Si nous avons interdit le site, c'est que nous ne voulons effacer aucune piste ou indice quelconque. Si les gens vont et viennent comme ils veulent, nous ne trouverons plus rien de susceptible de nous aider. Croyez-moi sur parole, tout ce qui pourra être fait pour retrouver David sera fait. Caporal, prenez les noms et adresses de ses 4 futurs soldats et allez les reconduire chacun à leur domicile, en avisant leurs parents bien sûr.

Le colonel commença à marcher vers la tente et se retourna pour ajouter ;

— Messieurs, il n'y aura pas de deuxième chance, je ne veux plus vous voir près de cette zone. J'espère m'être bien fait comprendre. Si vous voulez vraiment aider votre ami, je ne dirais rien à personne de ce que vous avez constaté ici, surtout pas aux médias. Puis il entra dans la tente. Il se tourna vers son lieutenant et lui dit ;

— Il y a bien des officiers qui n'ont pas la moitié du cran qu'a ce jeune homme. Je crois que l'armée aura un bel avenir avec cette génération Y, Lieutenant.

Antoine se rendit immédiatement chez David, afin de raconter ce qui venait de se passer. Melody mentionna spontanément ;

— Bien sûr qu'il n'y a pas de météorite, c'est des extraterrestres qui ont enlevé David.

— Quoi ! S'exclama Antoine. Des extraterrestres ?

Jean Louis prit la parole en fixant Melody dans les yeux.

— Ce que Melody voulait dire, c'est que certaines personnes ont mentionné cette possibilité.

— Ça explique tous ces soldats. Dit Antoine. Est-ce que vous croyez ça ? Antoine demanda.

— Je ne sais plus quoi penser. Il semble y avoir tellement de possibilités et si peu de réponses. Tout cela me semble tellement invraisemblable. Les gens qui s'occupent de la disparition de David nous ont demandé de ne pas parler des extraterrestres (il regarda de nouveau Melody) afin de ne pas effrayer la population.

— Surtout afin de ne pas passer pour des fous. Ajouta Melody.

CHAPITRE 17

L'ACHAT DU NOUVEAU VAISSEAU

Les achats dans le futur s'effectuaient tous à distance. Vous pouviez vérifier les caractéristiques d'un vaisseau grâce à des essais virtuels à l'aide du même appareil qui servait de jeux holo. En programmant la console et en plaçant le casque de réalité virtuelle sur la tête, vous vous retrouviez à bord du vaisseau que vous vouliez vous procurer et vous pouviez ainsi l'essayer et comparer. Étienne savait déjà quel vaisseau choisir et n'avait pas besoin d'un essai pour s'en convaincre. Il l'avait déjà essayé à plusieurs reprises dans le simulateur de jeu. Il s'agissait du tout nouvel astronef le X3000. La particularité de ce vaisseau était dans le fait qu'il pouvait changer de couleur à l'infini, il pouvait même être entièrement transparent, ne laissant apparaître que l'intérieur du vaisseau et ses occupants. Les gens en 2200 pouvaient avoir un aéronef par famille, habitant sous le même toit. Dès que les adultes quittaient la maison familiale, ils pouvaient se procurer leur propre NSPPS. L'argent ne causait aucun problème. Les ressources n'étant plus restreintes dues à la décimation de la population mondiale et également au fait que tous les matériaux étaient maintenant perpétuels. En effet, le titane qui était utilisé pour construire les navettes était autorégénérateur, donc, dès qu'il y avait une anomalie ou que le vaisseau était endommagé par un quelconque débris, le matériel se reformait instantanément de lui-même. Ce procédé fut inventé en 2100. Les savants avaient réussi à modifier les métaux afin d'y inclure des protéines vivantes, qui s'autorégénéraient d'elles-mêmes. Olivier avait déjà mentionné à Étienne que cette technologie avait été disponible bien avant 2100, mais qu'il n'y avait eu aucune volonté de la part des industriels ou des gouvernements parce que ça faisait rouler l'économie. Les voitures et tous les biens étaient fabriqués avec une espérance de vie d'environ 10 ans et c'était voulu ainsi, afin de créer de l'emploi et un marché renouvelable. Mais cette façon de faire épuisait nos ressources. Il s'agissait alors d'un cercle vicieux.

Les nouveaux vaisseaux étaient produits par des androïdes et ne prenaient que 3 jours à être fabriqués. Après avoir contacté le fabricant et fait valider son ADN par ce dernier, Étienne se fit répondre qu'il y aurait livraison de son vaisseau dans 4 jours.

— Est-ce que la FDZT ne risque pas de trouver l'achat de mon vaisseau bizarre ? Demanda Étienne à Olivier.

— C'est facile à expliquer, après s'être fait confisquer notre vaisseau aussi facilement, nous ne voulons pas que ça se reproduise et de plus, tu peux facilement avoir le goût d'avoir ton propre vaisseau non ?

— C'est certain.

— Nous aurons une discussion à ce sujet à bord de mon vaisseau, comme çà, ça passera encore mieux.

Étienne demanda à Olivier,

— as-tu trouvé la solution pour ton plasma ou je ne sais quoi ?

— Oui, j'ai la solution dans ma tête, mais il me reste à la produire. Ce qui est moins évident.

— Quand crois-tu que tu pourras la concrétiser ?

— Si tout va bien et que je trouve facilement tout le matériel dont j'ai besoin, je crois que nous pourrons tester cette invention d'ici 5 à 6 jours.

— Tu m'épateras toujours, je suis fier d'être l'ami d'un génie.

— N'exagérons rien. Tu sais la plupart des choses que j'ai inventées, étaient déjà en voie de l'être et je n'ai eu qu'à terminés le travail. Prends par exemple, le télétransporteur, il fut inventé en 1943 mais il n'était pas destiné pour les êtres humains. Il ne fonctionnait qu'avec les objets inanimés. Je n'ai eu qu'à le modifier pour que ça fonctionne également avec les humains.

— Wow ! 1943. Pourquoi alors, ne pas s'en être servi avant notre époque.

— Selon mes recherches, l'inventeur avait avisé les gens qu'on ne pouvait télétransporter que des objets inanimés, mais l'armée s'est emparée de son invention et aurait tenté l'expérience avec des humains, dans un sous-marin à Philadelphie. La tentative fut un échec total et il y eut perte de vie humaine. L'armée aurait mis l'invention sous sceller et personne n'osa recommencer le projet. Pourtant, ils étaient si près de la réussite.

Étienne dit alors ;

— N'empêche que si tu n'avais pas corrigé leurs erreurs, il n'y aurait toujours pas de télétransportation d'être humain.

— Quelqu'un d'autre l'aurait fait. Je me suis aperçu avec le temps que lorsque quelqu'un a une idée d'invention, plusieurs personnes semblent avoir la même idée presque en même temps. Comme si quelqu'un envoyait des ondes cérébrales au sujet de l'invention à plusieurs personnes à la fois sur la planète.

— Si c'était vrai, comment expliques-tu que tu inventes autant de choses à toi seul.

— Nous n'entendons jamais parler des autres inventeurs sur la planète.

— Je crois que c'est parce que lorsqu'une idée germe dans mon cerveau, je la réalise immédiatement, sans l'approfondir. Les autres inventeurs analysent peut-être trop leurs idées avant de les réaliser.

Te souviens-tu du trilium ? Lorsque j'ai déclaré l'invention au gouvernement central ? Il y avait un individu, un Russe, je crois, qui avait inventé un appareil similaire 3 jours plus tard. Pourtant, il s'agissait d'une tout autre technologie.

— Oui, je me souviens, c'est vrai maintenant que tu en parles. L'émetteur de rayon solaire que tu as inventé fut également pensé par ce même russe, non ?

— Oui, il avait même créé un prototype.

— Comment est-ce possible ?

— C'est encore un des mystères de la vie, mentionna Olivier. Bon assez bavardé, mettons-nous au travail. Nous avons un jeune garçon à aller reconduire chez lui, ne l'oublions pas.

— Que veux-tu que je fasse ?

— Nous allons commencer par cette discussion dont je t'ai parlé tout à l'heure au sujet de ton vaisseau. En même temps je dois faire quelques tests sur mon vaisseau pour connaître exactement le niveau d'absorption d'onde dont j'aurai besoin.

— Très bien, allons-y.

Les deux hommes se dirigèrent vers le vaisseau d'Olivier. Aussitôt qu'ils furent à l'intérieur, Olivier commença la discussion au sujet du nouveau vaisseau.

— Pourquoi t'achètes-tu un nouveau vaisseau, tu ne veux plus travailler avec moi ?

— Ça n'a rien à voir avec le fait de travailler avec toi, répondit Étienne. Bien au contraire. Tu as vu la façon que le gouvernement t'a traité, et ce malgré le fait que tu ne travailles que pour le bien-être de tous et que tu aides la société avec tes inventions. Alors la prochaine fois qu'ils saisiront ton vaisseau, nous aurons le mien et de toute façon, j'ai toujours rêvé d'avoir mon propre vaisseau. Tu sais l'Astron est bien intéressant mais j'aimerais bien découvrir de

Nouveau Monde. Explorer un peu ce vaste Univers. Ça ne changera rien entre nous Olivier.

— Je ne crois pas que le gouvernement saisira mon vaisseau de nouveau, je comprends la raison pour laquelle ils l'ont fait, mais maintenant qu'ils savent que nous n'avons pas menti et que nous ne représentons aucune menace, je ne vois pas pourquoi ils recommenceraient.

— J'espère que tu as raison Olivier, cependant nous ne pouvons jamais présumer de rien avec ces gens-là. De toute façon, mon vaisseau est déjà commandé et je devrais le recevoir d'ici 4 jours.

— Je suis content pour toi, si c'est ce que tu veux. J'accepterai plus facilement ta décision si tu me laisses y installer le nouvel appareil que nous venons d'inventer.

— Tu parles du refroidisseur d'air ?

— Oui bien entendu, je vais aviser le gouvernement central et par la suite je pourrai t'installer le premier magnétex légal de la planète.

— Super ! Tout un honneur ! Merci Olivier.

Olivier demanda à Étienne de les conduire près de l'Astron. Il prit toutes sortent de mesures que lui fournissaient ses instruments et l'ordinateur central. Les deux hommes discutaient de tout et de rien en prenant bien soin de ne pas éveiller les soupçons. Une fois ses données accumulées, Olivier demanda à Étienne de retourner à la maison. Une fois sorti du vaisseau, Olivier demanda à Étienne ;

— Est-ce que le bout ou tu me parlais d'aller explorer l'Univers était vrai ou c'était pour nos amis du gouvernement central ?

— Tu me connais mieux que ça, Olivier, est-ce que tu crois sincèrement que j'aimerais mieux explorer l'Univers seul, que d'explorer le temps avec vous deux.

— Tu sais, si jamais tu te cherches un autre passe-temps, tu pourras toujours te tourner vers les films, tu es un très bon acteur, je me suis même laissé prendre à ton rôle.

— C'était le but, non ?

— Oui et je crois bien que c'est mission accomplie.

— Dis-moi Olivier, est-ce que tu crois qu'ils enlèveront les micros une fois qu'ils seront certains où ils vont les laisser là pour toujours ?

— Je n'en sais rien. Pour l'instant, je les laisse s'amuser. Quand nous en aurons assez, je m'arrangerai bien pour découvrir leurs micros en direct et me plaindre au gouvernement central de l'attitude de ce Commandant Tarek.

CHAPITRE 18

VOYAGE AUTOUR DU MONDE

Alexandre venait tout juste de télétransporter leurs vêtements à la destination de leur choix. David lui avait demandé de commencer par Tahiti. Alexandre lui avait suggéré Moorea, l'île qui se situait juste en face de Tahiti. Il lui avait dit que les plages ainsi que l'eau étaient plus belles. Les deux jeunes se dévêtir pour ensuite emprunter le même trajet que leurs vêtements. David ressentait toujours cette même gêne lorsqu'il se dévêtait devant d'autres personnes, mais l'excitation de l'aventure atténuait ce malaise et, de plus, comme Alexandre ne semblait pas du tout affecté par sa propre nudité, il n'en fit aucun cas. Une fois sur l'île de Moorea, les deux jeunes se rendirent immédiatement à la plage. L'eau était d'un bleu fluorescent presque aveuglant. David n'avait jamais rien vu d'aussi beau, il commença à se dévêtir en toute hâte.

— David, je suis désolé, mais tu ne peux aller nager dans cette eau-là.

— Mais pourquoi ?

Alexandre prit un bout de bois qu'il y avait sur la plage et se rendit sur un rocher. Il trempa le bout de bois dans l'eau de l'océan et ce dernier prit feu instantanément.

— Tous les océans sont maintenant comme celui-ci, il y a plus d'acide dans l'eau que d'eau. Tu n'aurais aucune chance de survie si tu entrais dans cette eau. David se laissa tomber dans le sable.

— Mais c'est épouvantable ! Qu'est-ce qui est arrivées à toutes les espèces aquatiques ?

— Il n'y a plus aucune vie dans aucun cours d'eau de la terre.

— Tu veux dire qu'il n'existe plus aucun poisson, dauphin, baleine, phoque et tous les autres ?

— Oh non, heureusement, certains savants du passé ont pressenti ce qui ce passerait et ont demandé à tous les pays de construire d'immenses aquariums intérieurs et d'y placer au moins 4 spécimens de chaque espèce aquatique et d'y inclure les végétaux et les coraux. Donc, dans tous les pays du monde, il y a des aquariums d'eau douce et d'eau salée, contenant toutes les espèces aquatiques que l'on pouvait retrouver dans leur pays respectif.

— Mais qu'est-ce que vous allez faire pour les océans ?

— La situation semble irréversible. Tous les savants de la planète se sont penchés sur le problème, avec nos connaissances actuelles cela prendrait 1 000 ans avant de pouvoir corriger la situation.

— Peut-être que les autres peuples sur les autres planètes pourraient vous aider. Avez-vous demandé aux êtres qui ont des ailes ?

— Oui, il y a eu plusieurs demandes qui furent effectuées auprès des personnes avec qui nous avons des contacts, mais sans succès.

— Alors ton père est la seule personne qui peut faire quelque chose ?

— C'est ce qu'il tente de faire effectivement.

— Mais pourquoi ne pas l'expliquer à votre gouvernement central, il comprendrait sûrement vos intentions.

— Mon père est persuadé que certaines personnes de notre époque se serviraient de cette invention afin de servir leurs intérêts personnels, de pouvoir et de richesse. Je crois que notre histoire lui donne raison.

— Oui, c'est vrai, que là où il y a de l'homme, il y a de l'hommerie. Mentionna David. Alors j'espère que ton père trouvera la solution, parce qu'il n'y a rien de comparable à une baignade dans les vagues de l'océan.

— Ça, c'est vrai. Répondit Alexandre.

— Mais comment le sais-tu ?

— Grâce à l'appareil holo, bien sûr. Je vais souvent nager dans l'océan, j'aime bien faire du surfjet.

— Du quoi ? demanda David.

— Du surfjet, c'est une planche de surf, comme vous aviez dans ton temps, mais équipée de rétrofusée aquatique.

— Wow ! Ça doit être cool !

— Nous l'essaierons quand tu voudras.

— Et comment.

— Viens, je vais te montrer quelque chose.

Alexandre commença à gravir une montagne qui se trouvait près de la plage. Après plus de 40 minutes d'ascensions, les deux jeunes hommes arrivèrent au sommet. On pouvait apercevoir une grande partie de l'île ainsi qu'une large bande de l'océan entourant l'île. On apercevait également plusieurs îles avoisinantes. David regardait partout en même temps, même si la végétation était presque inexistante, le paysage était d'une beauté à couper le souffle.

— On ne pourrait jamais croire que cette eau est mortelle, dit David en montrant l'océan de la main.

— Oui, je sais, c'est quand même incroyable, que quelque chose d'aussi beau puisse être aussi néfaste.

David et Alexandre venaient tout juste d'arriver en bas de la montagne, David n'en revenait toujours pas de la situation, il se retrouvait sur une île exotique en 2200, il voyageait grâce à un téléporteur qui pouvait l'amener dans tous les coins du monde. Le voyage dans le temps était maintenant possible, c'était trop d'informations en même temps.

— Est-ce que ça te dérangerait si on allait s'étendre sur la plage quelques instants ?

— On fera comme tu voudras, lui répondit Alexandre.

David s'étendit sur le sable chaud, il contempla la mer, elle était d'un bleu fluo irréel. Il n'avait jamais vu un bleu comme celui-là.

— Est-ce que tu sais si les savants ont sauvé les dauphins dans leur fameux aquarium intérieur ?

— Est-ce que tu peux me les décrire ?

— Des poissons d'environ 2 à 3 mètres de long, de couleur gris ou bleu avec une peau très lisse et un aileron triangulaire sur le dos qui fend les vagues. Ils adorent sauter hors de l'eau et se promènent toujours en groupe.

Alexandre réfléchit quelques instants et répondit ;

— je ne sais pas, il faudrait aller voir. Je n'ai jamais vu aucun poisson sauter hors de l'eau. Nous demanderons à « Cadu »* si tu veux.

— Pourquoi les dauphins, est-ce que c'était un poisson spécial ?

— Oui, il représentait la douceur, le jeu, l'intelligence. Les gens de mon époque payaient un prix fou, seulement pour nager avec eux.

— Je comprends. Lui répondit Alexandre.

— Est-ce que tu aimerais aller sous la mer ?

— Sous la mer, comment ? Avez-vous des sous-marins qui résistent à l'acide ?

— Avec le NSPSS, il n'y a aucun problème.

— Wow ! Votre vaisseau va même sous l'eau ?

— Oui bien sûr.

— Trop cool ! S'exclama David.

— J'adore la façon dont vous parlez.

— Mais qu'y a-t-il à voir sous l'eau s'il n'y a plus de vie aquatique ?

— C'est quand même quelque chose d'incroyable à visiter, on dirait un autre monde. Toutes les falaises, les montagnes, les volcans sous-marins, les abysses à couper le souffle.

— Il est vrai que de la façon dont tu en parles, ça a l'air très cool. Pourquoi pas !

— Lorsque nous aurons terminé notre tour du monde, nous demanderons à mon père. Maintenant où aimerais-tu aller ?

— J'aimerais bien voir l'Himalaya et le mur de Chine.

— Va pour l'Himalaya, en route !

Une fois le télétransporteur programmé, les deux jeunes se dévêtir de nouveau et Alexandre enclencha l'appareil.

Il y avait maintenant 3 jours que les deux jeunes hommes visitaient la planète. David était à chaque fois émerveillé devant les splendeurs de la terre. Ils visitèrent ainsi l'Himalaya, le mur de Chine (qui avait été abimé par les explosions nucléaires), les pyramides d'Égypte qui miraculeusement étaient restées intactes, possiblement du fait qu'elles étaient dans le désert et que ce dernier était loin de toutes civilisations et donc des effets secondaires des explosions. Arrivé devant la plus grande pyramide, David demanda à Alexandre s'ils pouvaient visiter l'intérieur.

— Bien sûr, j'allais te l'offrir.

Juste avant d'entrer, David demanda s'il n'était pas dangereux de se perdre dans les dédales des passages.

— Non, depuis le temps qu'elles sont visitées, des gens ont indiqué des plans ainsi que des indications faciles à suivre. De plus il y a une intelligence artificielle à l'intérieur qui peut t'indiquer les directions.

Les deux jeunes se promenèrent pendant plus de 3 heures dans la pyramide. Alexandre mentionna à David, y être venu 5 à 6 fois dans le passé et lui montra plein de détails fascinants en plus de lui indiquer plusieurs passages secrets qu'ils s'empressèrent d'emprunter. Après être sortie de la pyramide, et avoir mangé 2 pilules nutritionnelles qu'Alexandre avait apportées avec lui. Les deux jeunes hommes continuèrent leurs visites en Australie et en Russie. C'est en Russie que David réalisa vraiment à quel point la population était décimée. Bien qu'ils se soient télétransportés près de 4 grandes villes différentes, ils n'aperçurent qu'une vingtaine de personnes dans chacune d'elle.

Chapitre 19

Le désespoir d'une mère

Sylvie était debout dans la cuisine et regardait par la fenêtre. Jean-Louis, qui bâillait tout en s'étirant, arriva dans la cuisine à son tour.

— Que fais-tu debout ? Il n'est que 4 heures de matin.

— Je n'arrivais pas à dormir, lui répondit Sylvie. Comment arrives-tu à dormir toi, tout en ignorant où est notre fils ?

— Tu sais, je ne crois pas que deux zombies à moitié morts de fatigue, lui serait d'une grande utilité.

— Je sais, mais je ne pense qu'à lui. Est-il blessé ? Est-ce qu'on va le revoir un jour ? Est-il vivant ?
En mentionnant cette dernière question, Sylvie se mit à pleurer. Jean-Louis l'a pris dans ses bras pour la consoler.

— Mais oui, je suis certain qu'il est vivant et que nous le reverrons.
Je le sens et je suis certain que tu le sens, toi aussi.

— Je ne sais pas si je le sens, mais je sais que je le souhaite. Lui répondit Sylvie tout en retenant ses sanglots. Je me sens tellement inutile. Dit Sylvie. Qu'est-ce qu'on peut faire ?

— Je crois que le mieux que l'on puisse faire, c'est de laisser les professionnels faire leur travail et de ne pas perdre espoir. Répondit Jean-Louis. Viens, allons-nous reposer, nous avons une grosse journée devant nous.

3 heures plus tard, Sylvie se réveilla en sursaut. Elle venait

de faire un cauchemar, David était sur une table de métal et deux horribles créatures avec des tentacules étaient au-dessus de son corps. Elle s'essuya le front et remercia le ciel de s'être réveillé avant d'en avoir vu plus. Jean-Louis n'était plus dans le lit. Elle se leva et alla le rejoindre dans la cuisine, Melody y était également. Les deux déjeunaient. Jean- Louis s'aperçut du teint blanchâtre de Sylvie et lui demanda si tout allait bien.

— J'ai fait un mauvais rêve, c'est tout.

— Tu veux que je te fasse des œufs et du bacon ?

— Non merci, je ne crois pas que je pourrais avaler quoi que ce soit maintenant, je vais me contenter d'un verre de jus d'orange. Melody fut la première à prendre la parole.

— Admettons que nous acceptions votre théorie du sauvetage par les extraterrestres, pourquoi ne le ramènent-ils pas ?

— Je ne sais pas, peut-être y a-t-il trop de monde sur le terrain présentement. Peut-être ne peuvent-ils venir sur terre qu'à des moments précis. Peut-être que David ne peut pas encore voyager, dû à ses blessures. Il y a tellement de possibilités et tellement d'inconnus. Répondit Jean-Louis. Je vais appeler ce Colonel Fuller et je vais lui demander si c'est la première fois qu'ils vivent une telle disparition. Je vais lui demander également ce qu'ils connaissent de ces fameux extraterrestres ? Ils nous doivent bien ces renseignements s'ils veulent obtenir notre silence.

— Tu sais tous ces films, ou l'on voit des gens du gouvernement faire disparaître des civils trop curieux, ou qui en savent trop. Es-tu certain que ça ne se passe que dans les films ? Demanda Sylvie.

— Je crois qu'il y a déjà trop de monde au courant pour que l'armée n'en tienne pas compte. Ils ne peuvent tout de même pas faire disparaître une famille entière ainsi que la moitié d'un poste de police provinciale sans avoir de réponse à donner.

— Je ne sais pas, je crois que tout est possible lorsque l'on parle de sécurité nationale. Ce que je dis, c'est que tu dois effectivement poser toutes tes questions, mais fais-le de façon courtoise et intéressée et ne le menace surtout pas de quoi que ce soit.

— Tu as raison, comme toujours.

Après plusieurs appels à la police, Jean-Louis ne réussit pas à obtenir le numéro pour rejoindre le colonel Fuller, cependant un agent lui promit de le rejoindre et de lui faire le message. 1 heure plus tard, le téléphone cellulaire de Jean-Louis sonna, c'était le Colonel.

— Vous vouliez me parler, qui y a-t-il ?

— Nous voulions savoir, si c'est la première fois que votre groupe s'occupe d'un enlèvement ?

— Oui, c'est la première fois effectivement.

— Qu'est-ce que vous savez de ces extraterrestres au juste ? Je veux dire depuis le temps que vous travaillez à cette section spéciale.

— Je comprends que vous ayez mille questions, Monsieur Clément, mais vous devez comprendre qu'il s'agit d'informations strictement confidentielles, classées secrets d'État et que je ne peux la partager avec vous.

— Je comprends très bien, mais vous pouvez au moins répondre à cette question, pensez-vous qu'ils soient dangereux ?

On entendit Fuller respirer profondément.

— Non, je ne crois pas qu'ils soient dangereux, je ne sais pas exactement ce qu'ils font sur la terre, mais je peux vous dire qu'ils font toujours tout pour ne rien détruire sur leurs passages. C'est la première fois que nous avons une disparition humaine ou même animal, à ma connaissance. C'est tout

ce que je vous dirai et cette conversation n'a jamais eu lieu.
Le colonel raccrocha.
Jean-Louis répéta mot à mot la discussion qu'il venait d'avoir
avec le colonel à Sylvie et à Melody.

— Je ne peux croire qu'il n'y ait rien que l'ont puisse faire.
Dit Melody. Je ne sais pas moi… on pourrait peut-être envoyer un
message dans l'espace, via un satellite ?

— Je ne crois pas que le colonel veuille vraiment que ça se
sache, la preuve, regarde les journaux et les bulletins de nouvelles.
Est-ce que tu as lu quelque part ou entendu parler d'extraterrestres
? Demanda Jean-Louis.

— Ton père a raison Melody, jamais le colonel n'acquiescera
à cette demande, de toute façon je ne crois pas que s'il y a vraiment
des extraterrestres, qu'ils écoutent vraiment les messages des
terriens. Je ne peux pas croire que j'ai dit ça ! S'exclama Sylvie.

— Tu sais, je crois, que je vais retourner travailler, m'occuper
l'esprit me fera sûrement le plus grand bien.

— Qu'est-ce qu'on fait au niveau de nos familles réciproques ?
Demanda Sylvie.

— Je ne sais pas moi, qu'il est parti dans un camp de vacances,
ou au chalet avec Antoine, oui, oui, c'est ça. Il est parti au chalet
avec Antoine.

— Oui, mais s'il ne revenait pas ?
À ces derniers mots, Sylvie fondit en larme. Jean-Louis l'a prit
dans ses bras pour la consoler.

— Aie confiance, il faut garder espoir. Je ne sais pas pourquoi
ni comment, mais je suis certain que David est en vie où qu'il soit.
Allez, laisse-toi aller un bon coup et après ça ira mieux.

Melody qui regardait la scène essuya ses larmes en se dirigeant dans sa chambre. Sylvie et Jean- Louis retournèrent tous les deux au travail le lendemain matin. Bien sûr, ils n'étaient peut-être pas aussi efficaces, mais l'occupation leur fit le plus grand bien. Le plus dur était de garder tout ça pour eux.

Chapitre 20

Une Baleine

Olivier effectuait ses calculs depuis plusieurs heures, avec l'aide de CADU. Il assembla plusieurs pièces électroniques en se servant des nanorobots soudeurs. Ces robots l'avaient toujours fasciné. Si petits et en même temps si efficaces, ils effectuaient le travail de soudure à la perfection, sans aucune hésitation ou défaillance.

En regardant son appareil prendre forme, il se demanda comment il ferait pour expliquer ce nouvel appareil advenant une nouvelle intervention de la part de la FDZT. Étienne entra dans la pièce, il regarda l'invention d'Olivier avec grand intérêt et pensa la même chose que lui.

— Comment feras-tu pour expliquer ça au gouvernement ?

— C'est pour ça qu'on s'entend si bien tous les deux, nous avons les mêmes pensées. Répondit Olivier. Je venais justement de me poser la même question. Je n'aurai qu'à mentionner qu'il s'agit d'une nouvelle invention pour le gouvernement central, du moins une intention d'invention, mais que je ne réussirai jamais. J'ai beaucoup réfléchi durant la fabrication de ce nouvel appareil. Je crois que nous devrions construire un abri pour entreposer le NSPSS. Un abri dans lequel il y aurait ma navette munie de cette invention en plus d'un second moteur antimatière.

— Pourquoi un second moteur ? Demanda Étienne.

— Parce que c'est le seul équipement qui émet des ondes en permanence, même à travers les murs. Donc lorsqu'on explorera le temps et que la FDZT fera des vérifications pour localiser mon vaisseau, ils ne pourront le voir physiquement, mais penserons qu'il est dans l'abri, recevant le signal de mon moteur antimatière. Comme les signaux émis par les moteurs sont uniques, je devrai également échanger le nouveau moteur avec l'ancien pour que le signal émis reste le même qu'ils ont déjà surement enregistré.

— Comment fais-tu pour penser à tout ça, en même temps que tu fabriques une nouvelle invention ?

— Ça me vient comme ça, je ne crois pas que je sois bien différent des gens normaux. La preuve tu as pensé à la même chose que moi, lorsque tu as vu ma nouvelle invention.

— C'est vrai, mais je n'aurais jamais pensé à placer un deuxième moteur d'antimatière dans un abri d'aéronef. Tu ne penses pas que la fédération va trouver la construction d'un abri bizarre, comme on n'en a jamais eu ?

— Avec tous les orages électriques que nous avons et la foudre qui tombe un peu partout, quoi de plus normal que de vouloir protéger notre vaisseau.

— Oui, mais nous savons et ils savent surement que nos paracumulateurs font très bien leur travail.

— J'inclurai une partie de mon laboratoire à l'intérieur du bâtiment, ce qui me permettra de travailler à mes inventions pour le vaisseau à l'abri de tous ces orages. Oui ça c'est bien.
Tu vois que tu es aussi intelligent que moi. Je n'avais pas pensé
à cette possibilité.

— C'est quand même toi qui as encore trouvé la solution.

— Arrête de toujours te sous-estimés, nous avons chacun nos forces et nos faiblesses. Bon, c'est correct je suis un vrai Einstein, est-ce que tu sais comment va notre ancêtre ?

— Ancêtre ? Tu veux dire David. La dernière fois que je l'ai vue, tout semblait aller pour le mieux, il s'apprêtait à visiter plusieurs pays avec Alexandre.

— J'espère qu'ils n'entreront dans aucune ville.

— Ne t'en fais pas Alexandre connais très bien les enjeux. Il n'amènera jamais David près d'une ville où son ADN pourrait être prélevé.

— Tu as raison je m'inquiète pour rien.

— Est-ce que ta nouvelle invention est terminée ?

— Non pas tout à fait, mais je crois que je n'en suis pas très loin.

— Est-ce que tu réussiras à capter tous les signaux émis ?

— Oui, j'en suis certain. Le vaisseau sera complètement invisible. J'ai même pensé à l'émetteur holographique.

— Quand crois-tu que l'ont pourra retourner reconduire David chez lui ?

— Je pense que d'ici deux semaines tout sera prêt. Nous n'aurons qu'à tester le tout afin de nous assurer que nous sommes parfaitement invisibles aux yeux des appareils de détection et puis nous pourrons aller reconduire notre ancêtre, comme tu le dis.

— Parlant de David ne crois-tu pas qu'il pourrait être dangereux, qu'il retourne à son époque avec toutes les connaissances qu'il aura acquises ici ? Demanda Étienne.

— Je te l'ai déjà dit, il ne voit rien dans le détail et au mieux, il deviendra un allié pour nous.

— Mais il aura tout de même la connaissance de toutes nos technologies, ce qui pourrait avoir comme effet de changer le cours des choses, donc de changer notre présent.

— C'est ce que je voulais dire lorsque je parlais d'allier.

Répondit Olivier. À mon avis, les changements que David pourrait apporter ne seraient que positifs sur notre présent.

— J'espère que tu as raison. Bon, est-ce que je peux t'aider à faire quelque chose, pour ta nouvelle invention ?

— Mais bien sûr, deux têtes valent mieux qu'une et 4 mains sont beaucoup plus rapides que 2. Viens par ici et tiens ce module, le temps que les robots soudeurs puissent faire les soudures.

Pendant deux heures, les hommes travaillèrent à l'unisson.

— Viens voir ici ! Alexandre cria-t-il à David.

David arriva rapidement près d'Alexandre.

— Regarde, en montrant en direction de la mer Égée, j'ai vu quelque chose remonter à la surface et replonger.

— David répondit tout bonnement, ça doit être une baleine. Puis à son dernier mot, il réalisa l'absurdité de ce qu'il venait de dire. Où l'as-tu vue plonger ? Demanda-t-il à Alexandre.

Alexandre pointa du doigt la direction de la chose qu'il avait vue.

— Ça allait dans cette direction.

Les 2 jeunes scrutaient la mer puis tout à coup David s'écria,

— là, là, oui, oui, c'est une baleine, mais comment est-ce possible ? Demanda-t-il à Alexandre.

— Je ne sais pas, c'est la première fois que je vois quelque chose de semblable en vrai. Comment dis-tu que ça s'appelle ?

— Une Baleine, c'est un des plus gros mammifères marins qui existe à mon époque. Mais comment fait-elle pour vivre dans cette eau si acide ?

Alexandre toujours sous le choc de cette vision scrutait encore l'Océan pour revoir cette chose énorme qu'il avait vue jaillir de la mer.

— Il faut que nous fassions part de cette découverte à mon père. Je veux juste voir si elle va revenir une autre fois et puis nous allons rentrer voir mon père.

Environ 10 minutes après, ils s'écrièrent en même temps,

— Elle est là ! Elle est là !

La baleine réapparut en effet à la surface, puis replongea rapidement.

Quelques secondes plus tard, la baleine fit un bond extraordinaire hors de l'eau, pour retomber sur le côté, éclaboussant une grande partie autour d'elle.

— Wow ! Fit David devant un Alexandre estomaqué devant ce spectacle. On dirait, qu'elle est heureuse. Fit David.

— Viens, il faut aller dire ça à mon père. Il sera sûrement fou de joie.

Olivier et Étienne s'affairaient toujours après l'invention lorsque les garçons arrivèrent surexcités dans le laboratoire. Alexandre demanda à son père.

— Devine ce que nous venons de voir dans la mer Égée ?

— Dis-moi. Répondit Olivier, intéressé par la découverte des deux jeunes.

— Une balain. Répondit Alexandre.

— Pas une balain, une baleine. Reprit David.

— Une baleine. Dit Olivier. Vous êtes certain que ce n'était pas un Nspss, avec le reflet de la mer et le soleil ça peut parfois vous jouer des tours.

— Non, non, répondit David, nous l'avons vu sortir de l'eau à trois reprises et la dernière fois, elle a fait un bond hors de l'eau, de plus de 5 mètres de hauteur. Je peux vous assurer qu'il s'agissait bel et bien d'une baleine.

— Moi, je ne peux pas te préciser le nom de ce poisson, mais je peux t'assurer qu'il ne s'agissait pas d'un NSPSS. Ajouta Alexandre.

Olivier regarda Étienne avec excitation.

— Ça voudrait dire que la vie marine serait revenue dans la mer d'Égée. Alexandre lui dit ;

— Nous n'avons vu qu'un seul poisson et c'était toujours le même.

— Réfléchit Alexandre, quelle taille faisait ce poisson ?

— Environ 20 mètres de longueur et 6 mètres de hauteur ? répondit Alexandre.

— Alors de quoi crois-tu qu'un poisson de cette taille se nourrit ?

Alexandre lui répondit ;

— Mais tu as raison, comment n'y ai-je pas pensé tout seul.

— Ne t'en fais pas Alexandre, je n'y avais pas pensé non plus. Déclara David.

— C'est une découverte beaucoup trop importante pour ne pas aller la valider immédiatement. Est-ce que nous prenons ton vaisseau ou le mien ? Demanda Étienne.

En effet, Étienne avait reçu son vaisseau ce matin même.

— Nous allons prendre le tien, comme ça nous n'aurons pas besoin de faire attention à nos paroles et la présence de David n'apportera aucune interrogation de la part de la FDZT.

— Très bien et du même coup, je verrai la réaction de mon NSPSS sous l'eau. Répondit Étienne.

Les 4 hommes prirent donc place à bord du vaisseau d'Étienne, ce dernier donna la destination à l'ordi. En moins de 20 minutes, ils arrivèrent au-dessus de la mer d'Égée. Après avoir demandé aux deux jeunes où ils avaient vu la baleine la dernière fois et la direction qu'elle semblait prendre.

— Maintenant, voyons voir ce que tu as dans le ventre. Dit
Étienne en fonçant à la verticale sous la mer.

David avait les yeux grands ouverts et n'en revenait tout simplement
pas d'assister à ce spectacle. Le vaisseau filait dans le fond de
la mer qui se trouvait à environ 1 000 mètres de profondeur. Le fond
marin était magnifique malgré le fait qu'il n'y avait aucune flore
marine, aucun corail, aucune plante marine. À un moment donné, le
vaisseau arriva près d'une falaise.

— Va au fond de l'abysse, dit Olivier à Étienne, nous verrons
bien.

Étienne plongea donc au fond de l'abysse, ils arrivèrent à plus
de 3 000 mètres de profondeur et ils aperçurent des algues géantes,
de plus après quelques secondes, ils virent deux immenses bancs de
poissons argentés. Olivier fut le premier à prendre la parole.

— Mais comment est-ce possible à cette profondeur ? Les
algues ne poussent pas à ce niveau, c'est impossible.

— Arrête de dire que c'est impossible, elles sont là devant nous.
Répondit Étienne. Pour un savant ce n'est pas très brillant, je trouve.

Comme les 4 hommes regardaient par le hublot de l'astronef,
ils aperçurent une ombre immense venir vers eux. David fut le
premier à reconnaître cette ombre.

— C'est elle ! C'est elle ! S'écriât 'il. La baleine !
Effectivement, une baleine venait droit sur eux, puis une
deuxième baleine arriva derrière la première. La baleine arrêta
lentement devant le vaisseau et se tourna sur le côté. Elle semblait
examiner le vaisseau avec son petit œil. Les hommes virent l'œil
noir brillant regarder à l'intérieur de l'aéronef.

— Cadu, écoute des sons ambiants, ordonna Olivier à l'ordinateur de bord.

Quelques secondes plus tard un cri qui ressemblait à une femme criant dans un tuba sous l'eau se fit entendre, puis 2 autres suivirent, c'était les baleines qui semblaient s'échanger des cris.

— Wow ! Trop cool ! Comme dirait David.

Olivier regarda Alexandre et lui dit ;

— Ton adaptation aux années 2010 n'a pas été trop longue, je vois que tu maitrises déjà leur patois. Avant même qu'Alexandre est pu demander ce que voulais dire patois, Étienne s'écria ;

— Accrochez-vous, elle fonce sur nous.

Effectivement, la plus petite baleine fonçait sur le vaisseau. Heureusement, Étienne manœuvra le vaisseau hors de la portée de la baleine, qui semblait furieuse d'avoir manqué sa cible. Elle chercha le vaisseau du regard et le trouva finalement, une trentaine de mètres plus hauts. Elle s'élança de nouveau vers le vaisseau.

— Cadu, imite le son de la baleine via les micros externes.

Le son d'une baleine se fit entendre à l'extérieur, mais la baleine ne ralentit pas sa lancée. Étienne fit remonter le vaisseau encore plus haut.

— Une autre fois Cadu, en boucle cette fois-ci.

Les cris artificiels de la baleine se firent entendre plusieurs fois. Cette fois-ci la baleine fit halte et regarda le vaisseau. Elle cria à son tour, donna un violent coup de queue et retourna vers les profondeurs.

— On ne peut dire qu'ils ont froid aux yeux ces poissons-là. Mentionna Étienne. Une chance que nous avons un vaisseau rapide. Bien sûr, le vaisseau n'aurait pas subi de dommage, mais nous aurions été surement secoués si cette montagne nous avait touchés. Olivier, que veux-tu faire maintenant ?

— On va continuer notre périple. Je veux voir si la vie n'existe vraiment qu'à cette profondeur.

Le vaisseau continua sa recherche pendant plus de 2 heures à travers les profondeurs de la mer Égée. Selon leurs constatations, il n'y avait de la vie qu'à plus de 2000 mètres de profondeur.

— Je ne comprends pas. Dit Olivier. Il y a quelque chose qui m'échappe. La vie marine est encore moins facile à cette profondeur. Alors pourquoi seulement ici, si profondément ?

Étienne descend à 3 000 mètres.

Ce que fit Étienne.

— Ça y est, on est à 3 000 mètres.

— Cadu, mesure le taux d'acide de l'eau et entre la donnée dans ta mémoire. Maintenant, fais la même chose à 2000 et à 1 000 mètres.

— J'ai compris. Mentionna Étienne qui remonta jusqu'à 2000 mètres puis à 1 000.

— Cadu, montre-nous un diagramme holo des comparaisons des taux d'acidité.

Un diagramme apparut au centre du vaisseau et la réponse sauta aux yeux des quatre hommes.

— Voilà la réponse, le taux d'acidité est inexistant à 3 000 mètres et quasi nul à 2000, par contre le taux grimpe à 1 000 mètres.

— Pourquoi ? Est-ce que la pression a un rôle à jouer dans la disparition de l'acide ? Demanda Alexandre.

— Ça, c'est une bonne question et je n'ai pas la réponse. Cadu ! Est-ce que tu peux expliquer la relation entre la pression et la disparition de l'acide ?

— Ça ne veut pas dire que ce soit la pression qui soit en cause, cela pourrait provenir de causes différentes, telles la luminosité, la température ou d'autres facteurs encore inconnus pour le moment.

Déclara Cadu.

— Tu as raison, selon toi quel est l'élément le plus susceptible de modifier le taux d'acidité avec les données dont nous disposons actuellement ? Olivier demanda- t-il à Cadu.

— Je ne connais pas la réponse, mais un échantillon d'algue pourrait m'aider dans mon analyse.

— Très bien Cadu, de l'algue tu veux, de l'algue tu auras. Dit Étienne.

Ils récupérèrent plusieurs feuilles d'algues, ainsi que du sédiment à différentes profondeurs. Olivier se chargea de classer chaque échantillon.

Après plusieurs minutes d'analyses, Cadu s'exclama.

— il n'y a aucune réponse logique à votre question.

— Je crois qu'on dit, c'est un mystère. Tu sais Cadu, c'est la deuxième fois que tu ne réussis pas à trouver une réponse, je ne croyais pas entendre ça un jour. Olivier avait l'air découragé.

— Que fait-on maintenant ? Demanda Étienne à Olivier.

— Retournons à la maison.

Cadu annonça qu'il y avait un orage violent à la surface, pouvant représenter un danger pour le vaisseau. Effectivement lorsque le vaisseau refit surface, il y avait un orage électrique d'une force inouïe. La foudre touchait l'eau à plusieurs endroits à la fois. Étienne, connaissant les dangers de ces orages, replongea sous l'eau sans hésiter.

— Je ne voudrais pas abimer mon NSPSS lors de sa première sortie ! S'exclama-t-il.

— Cadu, informe-nous lorsque la tempête aura pris fin. Demanda Étienne.

— Cadu est-il possible que les décharges électriques causées par la foudre puissent avoir un lien avec la diminution du taux d'acidité ?

— Si c'était le cas alors pourquoi est-ce que le taux d'acide serait inexistant à 3 000 mètres, mais non à la surface ? Demanda Alexandre à son père.

— C'est ce que j'aimerais comprendre. Cadu ?

— Il est certain que l'afflux d'électricité en si grande quantité pourrait avoir un certain impact sur le niveau d'acidité de l'eau, mais comme Alexandre le dit si bien. Pourquoi pas en surface ? Je n'ai aucune explication pour cela. Si l'eau salée était plus dense que l'acide, je comprendrais que l'eau salée exempte d'acide se trouve au fond, mais ce n'est pas le cas. Alors cela reste un mystère. L'orage est maintenant terminé à la surface. Annonça Cadu.

— Très bien, entrons à la maison maintenant. Dit Olivier.

Chapitre 21

C'est un ordre

Lokman entra dans le bureau où se trouvait Marianne.

— Marianne, Tarek veut te voir dans son bureau.

— Est-ce qu'il a dit à quel sujet ?

— Non, il ne m'a rien dit.

— De quoi crois-tu qu'il s'agisse ?

— Je n'en ai vraiment aucune idée, je suis désolé.

— Ce n'est pas grave, nous verrons bien.

Marianne se présenta au bureau de Tarek, ce dernier était assis devant l'image holo du vaisseau d'Olivier, qui était la cause première de cette enquête.

— Ah Marianne, entre je t'attendais.

C'était la première fois que Tarek appelait Marianne par son prénom et qu'il ne la vouvoyait pas. Que lui valait cette soudaine intimité ?

— Le lieutenant Lokman m'a dit que vous vouliez me voir Commandant.

— J'ai cru remarquer que ce fameux Olivier ne vous était pas indifférent, je me trompe ?

— Avec tout le respect que je vous dois, ma vie personnelle ne regarde que moi.

— Ma question n'était pas d'ordre personnel, c'est que j'aimerais que vous vous rapprochiez de ce monsieur, afin qu'il vous considère assez, pour vous faire des confidences.

Marianne était rouge de colère.

— Quoi, pour qui me prenez-vous ? S'écria-t-elle. Même si ce monsieur comme vous dites me plaisait, je ne ferais jamais une chose pareille. Je ne suis pas une de ces anciennes agentes secrètes, qui couchait avec l'ennemi pour leur soutirer des informations. Je ne sais pas ce que ça vous prendra pour réaliser que vous faites fausse route. Les micros que vous avez installés sur son vaisseau ne vous suffisent pas ?

— Premièrement, vous allez changer de ton lorsque vous me parlez sergente. N'oubliez pas que je suis votre supérieur. Deuxièmement, je ne vous demande pas de coucher avec lui, juste d'aller manger avec lui, faire des sorties mondaines.
Marianne se leva d'un bond et se dirigea vers la sortie et dit à Tarek ;

— Faites-le vous-même.
Elle croisa le lieutenant Lokman sur la passerelle, elle était encore rouge de colère.

— Mais qu'est-ce qu'il t'a dit pour que tu sois dans un état pareil ?

— Ce... ce... je ne trouve pas de mot pour le décrire, il voulait que je séduise Oli... Monsieur Bruneau, afin de lui soutirer ce qu'il sait à propos de l'Astron.

— Tu veux rire, il t'a vraiment demandé ça ?

— Vrai comme tu es devant moi.

— Te connaissant, il doit avoir le nez en compote en ce moment ?

— Non, mais ce n'est pas l'envie qui me manquait.

— Que lui as-tu répondu ?

— De le séduire lui-même.

Lokman éclata de rire.

— Viens je te paie un verre, il faut célébrer cette réponse.

— Je ne comprends pas son acharnement pour cet homme. Pourtant tout est en sa faveur, son passé, ses inventions, la fouille de son vaisseau, les discussions captées par les micros cachés, je ne comprends vraiment pas. Mentionna Lokman.

— C'est simple, il n'a pas aimé se faire traiter de primate et il veut le faire payer, même s'il devait y passer une année. Répondit Marianne.

— Dis-moi Marianne, ce monsieur Bruneau en question te plait bien, n'est-ce pas ?

— Tu ne vas pas t'y mettre toi aussi. Ma vie personnelle ne regarde que moi et moi seule.

Sur ses dernières paroles, elle tourna les talons et quitta la salle où ils se trouvaient.

— Ah, les femmes ! S'exclama Lokman.

Est-ce que son intérêt pour Olivier était si évident, que tous ses collègues s'en étaient rendu compte ? Probablement, elle devait se rendre à l'évidence, oui, il lui plaisait bien, mais elle ne connaissait pas grand-chose de lui encore. Elle mourait d'envie de lui donner rendez-vous.

Comme elle continua à errer dans ses pensées, son bracelet holographique sonna l'arrivée d'un message holo. Le visage du commandant Tarek apparut au-dessus de son bracelet.

— Sergente, je veux vous voir dans mon bureau, immédiatement. C'est un ordre !

Le visage brumeux disparu comme il était apparu. Pas encore lui, pensa-t-elle. Comme elle entra dans le bureau de Tarek, ce dernier lui dit ;

— Je me suis peut-être mal fait comprendre tout à l'heure Sergente, ce n'était pas un souhait que j'émettais, c'était un ordre que je vous donnais.

— Écoutez-moi bien Commandant, cela ne fait pas partie de ma description de tâche, je ne crois pas que le gouvernement central approuverait vos méthodes archaïques.

— Je représente le gouvernement central et j'ai toute l'autorité nécessaire pour accomplir notre mission, soit celle de préserver la sécurité de notre planète. Si vous refusez d'obéir à mon ordre, je me verrai dans l'obligation de vous suspendre de vos fonctions. Alors que faites-vous sergente ?

— Je refuse de faire ce que vous me demandez et je vais rapporter la situation en haut lieu. On verra bien qui aura le dernier mot.

Répondit Marianne.

Marianne sortit de nouveau du bureau de Tarek. Elle n'avait pas parcouru 20 pas que deux membres de la fédération arrivèrent et la placèrent aux arrêts pour insubordination. Lokman se rendit la retrouver aux quartiers d'isolements.

— Je crois qu'il a perdu la tête. Je vais aller lui parler. S'il ne revient pas à la raison, j'aviserai moi-même le gouvernement central. Ne t'en fais pas, nous allons te sortir d'ici en moins de deux.

Marianne n'avait aucune réaction, elle était encore sous le choc de ce qui venait de se produire.

— Mais pour qui se prend-il, cet énergumène ?

— Dis-moi juste ce qui s'est passé et les mots exacts de votre conversation.

Marianne lui raconta sa discussion avec Tarek.

Lokman se présenta dans le bureau de Tarek.

— J'aimerais bien comprendre ce qui vous a poussé à placer un des membres de mon personnel aux arrêts, Commandant ?

— Est-ce que vous remettez mon autorité en doute Lieutenant ?

— Ce n'est pas votre autorité que je mets en doute, c'est votre décision. La sergente m'a dit ce que vous lui demandiez de faire, cela ne fait pas partie de ses attributions de tâches, il est normal qu'elle ait refusé de vous obéir.

— Si j'ai fait placer la sergente Wright aux arrêts, c'est qu'elle m'a menacé et non parce qu'elle a refusé d'obéir à mon ordre. Si ça avait été le cas, je ne l'aurais que suspendue quelques jours.

— Elle vous a menacé de quoi ?

— Lieutenant vous commencez à m'exaspérer avec cet interrogatoire, je suis votre commandant, vous me devez obéissance et respect et vous devez m'appuyer dans mes décisions.

— Wright est sous mes ordres, elle est sous ma responsabilité, je dois connaître les accusations portées contre elle.

— Elle est accusée d'insubordination, c'est tout ce que vous devez savoir.

— Combien de temps, restera-t-elle aux arrêts ?

— Le temps que cela prendra pour qu'il y ait une enquête interne.

— Commandant, pourrais-je vous parler sans considération pour nos grades respectifs ?

— Je n'en vois pas l'utilité !

— Je ne suis pas certain qu'il serait dans votre intérêt qu'il y ait une enquête interne. Je ne crois pas que le gouvernement central endosserait, du moins pas publiquement, une décision pénalisant un membre de la fédération pour avoir refusé de séduire un éminent savant reconnu mondialement pour ses inventions et son génie. Laissez-moi parler à la sergente, la ramener à la raison, pour qu'elle laisse tomber sa plainte au gouvernement, en échange de quoi, vous laissez tomber toutes accusations ou enquête à son sujet.

Tarek pensa longuement.

— Je suis certain que le gouvernement central comprendrait mes intentions, mais je crois qu'il ne pourrait possiblement l'avouer publiquement, comme vous le dites.

— Très bien Lieutenant, je remets la sergente sous votre responsabilité, mais, comprenez-moi bien, Lieutenant, vous serez entièrement imputable de toutes bévues de la part de la sergente Wright. Suis-je assez clair Lieutenant ?

— Oui Commandant.

— Lieutenant, une dernière chose. Je ne veux pas voir la sergente Wright dans ce complexe d'ici les deux prochains mois. Affectez-la où vous voudrez.

— Très bien, Commandant.

Lokman se rendit directement aux quartiers d'isolements.

— Soldat, vous pouvez libérer la sergente Wright.

— Très bien Lieutenant.

Marianne prit la parole avant même d'être sortie de la cellule.

— Que lui as-tu promis en échange ?

— Que je t'affecterais à un autre poste pour une période de

2 mois et que tu laisserais tomber ta plainte au gouvernement central.

— Quoi ! Il n'en est pas question, j'ai raison, il le sait et tu le sais toi aussi.

— Oui, tu as raison Marianne, mais tu connais le système autant que moi. Tu seras reconnue coupable de toute façon, quoi que tu fasses. Si ce n'est d'insubordination, ça sera de manque de respect envers un supérieur. Même si le commandant pourrait également être pénalisé, le gouvernement sera tendre envers une personne qui n'hésite pas à prendre n'importe quel moyen pour protéger la planète. Lui, demeurera ici avec un blâme dans son dossier, toi, tu seras affectée à des tâches administratives pour le reste de ta carrière.

— Mais il faut qu'il sache qu'il n'est pas dieu tout puissant et qu'il ne peut faire ou dire tout ce qu'il veut en toute impunité.

— Je crois que ça, il vient de le réaliser grâce à toi.

— Je n'en resterai pas là.

— Écoute Marianne, je comprends ta frustration, prend la journée pour réfléchir, une fois ta colère diminuée, tes idées devraient être plus claires et tu verras que j'ai raison. De plus, n'oublie pas qu'il n'y a pas seulement ta carrière qui est en jeu, j'ai mis la mienne en danger, par le fais même. Ne crois pas que je m'en suis fait un ami aujourd'hui. Si tu fais une bêtise, je saute en même temps que toi. Le temps arrange tout, ne t'en fait pas. Maintenant, rentre chez toi, repose-toi, je te reparle demain matin. Ne t'en fais pas pour ton assignation, j'ai déjà ma petite idée là-dessus.

Chapitre 22

Les extraterrestres , des humains ?

Le Colonel Fuller venait tout juste d'entrer dans la pièce réservée au personnel muni du plus haut niveau de sécurité. Plusieurs savants de la SSES s'affairaient à examiner divers objets. Deux d'entre eux examinaient pour la énième fois un appareil qui fut retrouvé sur le site d'un supposé amerrissage de vaisseau extraterrestre. Fuller se rendit auprès des savants qui examinaient le trilium laissé par Olivier lors d'un voyage précédent.

— Alors messieurs, du nouveau au sujet de cet appareil ?

— Oui, nous avons finalement trouvé son utilité et le fonctionnement. Vous serez surpris de voir ça.

— Montre-lui. Dit le plus âgé des deux.

Le savant prit l'appareil, le dirigea vers le sol, pendant que l'autre lui passa une pince miniature qu'il manipulait avec la plus grande précaution. Le savant prit la pince des mains de son collègue et déposa une particule d'ADN sur l'écran de l'appareil ; celui-ci se mit aussitôt en fonction et donna vocalement et avec précision la description du sol en anglais.

— Granit, acier, béton, sable, eau, terre, roche, phosphate.

— Voyez-vous, cet appareil sert à localiser et identifier les minéraux avec une précision étonnante. De plus, la mise en marche ne se fait qu'à partir de l'ADN, possiblement du propriétaire de l'appareil. Ce qui est spécial, c'est qu'une infinitésimale quantité d'ADN est nécessaire pour le mettre en fonction. Heureusement, nous avions réussi à récolter assez d'ADN sur l'appareil ainsi que sur les lieux de cet atterrissage. Assez également pour vous dire que c'est de l'ADN humain.

Fuller qui avait les yeux grands ouverts leur demanda s'ils connaissaient la profondeur maximale de l'analyse du sol que pouvait effectuer l'appareil ?

— Nous pensons qu'elle pourrait représenter 1 000 mètres.

— 1 000 mètres ! Répéta Fuller tout excité, vous en êtes certains?

— Nous ne pourrons en être certains que quand nous aurons fait plus de tests.

— Messieurs, j'attends vos hypothèses.

Le savant le plus âgé prit la parole.

— Soit les Russes ou les Chinois, possiblement les Chinois, leurs avancées technologiques sont beaucoup plus grandes que les Russes.

Fuller prit la parole.

— Il n'y a qu'un seul problème à cette hypothèse, pourquoi alors est-ce que l'appareil répond en anglais ?

— Possiblement parce que plusieurs savants ont travaillé sur le projet et qu'ils parlaient tous des langues différentes ; ils ont choisi la langue parlée par le plus grand nombre d'entre eux.

— Ça serait logique. Répondit Fuller. Cela voudrait dire qu'une des puissances mondiales aurait réussi non seulement à inventer un vaisseau invisible au radar et à l'oeil humain, mais en plus, ils auraient inventé ce bidule, capable de détecter tous minerais dans le sol et se mettant en fonction à l'ADN. Ouf ! Cela voudrait dire que nous avons plusieurs années de retard sur eux. Ils pourraient facilement contrôler la planète avec cette technologie.

Est-ce que vous avez testé l'appareil à l'extérieur ?

— Non, il s'agit d'un secret d'État, nous n'avons pas l'autorisation nécessaire pour sortir l'appareil de ce laboratoire.

— Vous, non, mais moi oui. Sergent, faites préparer l'hélicoptère, et demandez à nos spécialistes de l'environnement de trouver une zone inhabitée où nous savons qu'il y a des ressources naturelles inexploitées. Pétrole, or, diamant ou autres ressources enfouies dans le sol.

Deux heures plus tard, les 2 savants étaient à bord de l'hélicoptère avec le colonel ainsi que 4 soldats lourdement armés.

— Sergent, quelle est notre destination ?

— La Gaspésie, Colonel. Selon nos spécialistes, la région regorge de pétrole et d'or en plus d'avoir de très grands territoires non habités. Nous serons là dans environ 90 minutes Colonel. Dit le sergent qui était aux commandes de l'hélicoptère.

L'appareil se posa dans un champ isolé tout près d'une immense falaise donnant sur la mer. Une fois les hommes descendus, le colonel ordonna aux 4 soldats de se positionner pour intercepter toutes personnes qui viendraient dans leur direction, en leur mentionnant qu'il s'agissait de manœuvres militaires et que ça ne durerait qu'une heure environ. Une fois les 4 soldats en placent, les 2 savants et le colonel sortirent à leur tour de l'appareil. Les savants mirent l'appareil en fonction de la même façon qu'ils l'avaient effectué un peu plus tôt dans la journée. Comme il pointait le trilium vers le sol, l'appareil énonça en anglais : Blé, terre noire, engrais organique, glaise, roc, eau, pétrole, calcaire.

— Vraiment surprenante, cette petite machine ! S'exclama le Colonel.

Ce que les savants et le colonel ignoraient, c'est que le trilium pouvait accomplir encore beaucoup plus. Il pouvait, entre autres, faire apparaître un diagramme holographique des différentes couches du sol avec les distances exactes où se trouvaient chaque élément mentionné et la quantité estimée de ceux-ci.

— Depuis le temps que vous étudiez cet engin, vous croyez que vous pourriez en reproduire des identiques ? Demanda-t-il aux savants.

— Nous n'avons pas encore réussi à comprendre la technologie de l'appareil, selon les rayons x que nous avons effectués, leur avancée technologique est incroyable. On croirait presque qu'elle ne vient pas de notre époque. Si nous n'avions pas la certitude qu'il s'agit de matériaux provenant de la terre, on vous aurait dit qu'il s'agissait hors de tout doute d'un appareil extraterrestre, tellement leur technologie est avancée sur la nôtre.

— Est-ce que vous avez fait un test au carbone 14 ?

— La datation au carbone 14, Colonel, ne s'applique qu'aux organismes végétaux et animaux. Mais pour répondre à votre question, nous avons fait un test de thermoluminescence. Cette méthode consiste à émettre des rayons de chaleurs, sur un objet qui a été soumis à une forte élévation de chaleur. On recueille les données du rayonnement émis et par un calcul mathématique on peut établir la date à laquelle l'objet fut transformé.

— Et alors ? Dit le colonel. Votre « thermomachin », qu'est-ce que ça donné ?

— Même le résultat de ce test demeure un mystère.

— Comment ça, un mystère ?

— Le test ne donne aucun résultat, comme si le polymère utilisé pour la fabrication de cet appareil venait tout juste d'être fabriqué à l'heure où je vous parle. Nous avons fait un premier test il y a 2 ans, lors de la découverte de cet appareil, le résultat était identique au test que nous avons effectué il y a 1 semaine.

— C'est votre test qui ne vaut rien et c'est tout. Répondit
le Colonel. Vous avez cet appareil dans votre labo depuis 2 ans,
alors, comment ce fait-il que votre test n'est même pas capable de
dire que ce bidule à au moins deux ans d'âge ?
Les 2 savants se dévisagèrent l'un et l'autre. Le plus vieux prit
la parole.

— Comme nous avons trouvé des particules d'uranium dans ce
bidule, comme vous dites, nous avons effectué un test de datation à
l'uranium-plomb. Ce test nous a également donné le même résultat.

— Serait-il possible, alors, que la nation qui a fabriqué cet
appareil est également inventée un polymère qui n'est pas...
Comment dirais-je, « data-tionnable » ou qui ne vieillit pas ?

— Nous avons également songé à cette perspective, il aurait pu
découvrir une sorte de polymère auto générateur, c'est-à-dire, qui
se renouvelle sans cesse, mais regardez...
Le savant montra une petite entaille sur le coin de l'appareil.

— Nous avons fait cette entaille avec un scalpel et rien n'est
arrivé. Si le polymère avait été auto générateur, la marque aurait
disparu. Donc comme nous vous l'avons dit, ça demeure un mystère
total.

— Sergent ! Connaissez-vous la profondeur où se trouve le
pétrole ici ?

— Oui Colonel. Nos spécialistes nous ont dit qu'il se trouvait à
250 mètres.

— Est-ce que nos spécialistes vous ont mentionné s'il y avait
de l'or ou autres minéraux précieux, dans ces environs ?

— Oui Colonel, à moins d'un kilomètre d'ici se trouve une
ancienne mine d'uranium, qui fut fermée suite à des pressions
populaires.

— Conduisez-nous à cette mine.

Le colonel siffla et tourna son bras dans les airs en rond, les 4 soldats accoururent à l'hélicoptère. Les hommes prirent tous place à bord et l'appareil décolla. Ils ne volèrent pas plus de quelques secondes puis l'hélico se posa de nouveau.

— Même chose soldats.

Le colonel ordonna, et les 4 soldats sortirent au pas de course et allèrent se positionner aux 4 coins du site. Les savants répétèrent l'opération, l'appareil annonça ; calcaire, roc, phosphate, calcium, zinc, uranium, roc.

— Sergent, quelle profondeur, l'uranium ?

— 2 500 mètres, Colonel.

— Wow ! 2 500 mètres. Je n'aurais jamais pensé que ce truc puisse analyser le sol si profondément.

Le colonel siffla de nouveau tout en faisant tournoyer son bras au-dessus de sa tête. Après que l'hélicoptère eut décollé, le colonel s'adressa aux deux savants.

— Messieurs, je veux que vous accordiez toute votre attention sur ce bidule, ceci devient votre priorité absolue. Vous devez absolument comprendre cette technologie pour pouvoir la reproduire, vous m'avez bien compris ?

Les deux hommes répondirent en cœur.

— Oui Colonel.

— Sergent, ramenez-nous à la base.

— Attendez, montez à 30 mètres et demeurez stationnaire.

Le colonel regarda vers les 2 savants et leur dit ;

— Messieurs, je veux que vous testiez l'appareil à plusieurs hauteurs différentes et également en mouvement.

— Bien, répondit le plus vieux des deux. Est-ce que vous voulez qu'on le teste à bord de l'hélicoptère, ou en le positionnant à l'extérieur ?

— À l'intérieur pour commencer et, si ça ne fonctionne pas, vous le placerez à l'extérieur.

Les savants s'exécutèrent, et l'appareil cita : polymère, carbone, métal, oxygène, monoxyde de carbone, calcaire, roc, phosphate, calcium, zinc, uranium, roc.

— Très bien, maintenant Sergent, montez à 1 000 mètres et demeurez stationnaire.

L'appareil répéta exactement les mêmes éléments dans le même ordre. À 2000 et 3000 mètres, ce fut la même chose.

— My God! Émit le colonel. Maintenant Sergent, je veux que vous tourniez autour du site à cette altitude et vous, Messieurs, en regardant les savants, vous allez répéter le test.

L'appareil répéta les mêmes éléments en omettant quelquefois l'uranium. Le plus jeune des deux savants avança l'hypothèse qu'il ne devait pas y avoir d'uranium sur tout le site, mais bien en un endroit précis, ce qui expliquerait les données changeantes de l'appareil.

— OK, Sergent, vous pouvez maintenant regagner la base. Vous rendez-vous compte de ce que nous avons là ? Dis-le colonel aux savants. Imaginez tous les coûts sauvés en exploitation minière. En plus de savoir exactement de quoi est composé le sol sur plus de 5 000 mètres de profondeur. Imaginez également si cet appareil tombait entre de mauvaises mains, toutes les richesses qu'ils pourraient trouver. Diamant, platine, saphir, or.

— Émeraude, mentionna le plus jeune des deux savants.

— Ou encore, tout, pour construire sa propre bombe atomique, fit remarquer le plus vieux, en employant un ton dégoûté.

Chapitre 23

Le surfjet

Étienne venait de poser l'astronef près du laboratoire.

— Quelqu'un a faim ? dit Olivier.

— Moi je mangerais un bœuf. Répondit David.

— Comment ça, un boeuf.Vivant ? Demanda Alexandre.

— C'est une expression, ça veut dire que j'ai tellement faim et que je pourrais manger un bœuf entier, cuit bien entendu.

— Ah bon ! J'ai eu peur.

Les 4 hommes mangèrent et allèrent tous se coucher par la suite. Exténués par leurs journées, ils ne tardèrent pas à s'endormir profondément. Le lendemain matin, David voulut faire sa toilette. Il ne s'habituait pas à se laver sans eau. Il entra dans le corplisateur et, après qu'un rayon lumineux bleu eu balayé son corps, il sortit de l'appareil. Il se sentait effectivement propre, mais son cerveau semblait toujours attendre de l'eau et du savon. Il se sentit les bras et les épaules et sembla satisfait. Il enfila ensuite sa combinaison qui sortait tout droit d'un nettoyage du même genre.

Après avoir pris leurs petits déjeuners, Alexandre proposa à David d'aller faire du « surfjet ».

— Wow ! Mets-en !

— Est-ce que ça veut dire oui ça ?

— Oui, oui, ça veut dire oui et comment.

Les 2 jeunes hommes se dirigèrent vers la pièce, où se trouvait l'holo jeux ainsi que la machine de télétransportation.

— Attend, je veux essayer. Dit David à Alexandre comme les 2 traversèrent le sas d'entrée de la pièce.

Comme la dernière fois que les 2 gars avaient utilisés cette pièce, c'était pour effectuer des voyages, les anneaux de téléportations étaient au centre de la pièce.

— « Holo jeux », dit tout haut David, avec les yeux brillants. Les anneaux se déplacèrent sur le côté de la pièce et un panneau s'ouvra dans le sol d'où le cylindre sortit et se plaça dans le centre de la pièce.

— Tu crois que ton père pourrait me donner les plans de ce jeu holo ?

— Je ne pense pas qu'il serait prudent de faire ça, imagine toutes les questions que les gens te poseraient, si tu arrivais sur terre avec les plans d'une technologie en avance sur votre temps de plus de 190 ans.

— Tu as sûrement raison… Ça serait quand même trop cool, en plus ma famille deviendrait immensément riche.

Alexandre se rendit à la console de commande et entra les données du jeu qu'il voulait utiliser. Les deux jeunes entrèrent dans le cylindre. Alexandre tendit le casque et les gants du jeu holo à David et enfila les siens.

— Début du jeu. Dit Alexandre.

Les 2 gars se retrouvèrent sur une planche de surf muni d'un petit moteur à l'arrière. Ils étaient dans l'océan à moins d'un mètre d'une plage de sable blanc magnifique.

— C'est l'ile d'Antigua. C'est beau n'est-ce pas ?

David était sans mot, c'était la plus belle plage qu'il n'avait jamais vue, l'eau était d'un bleu émeraude et d'une transparence irréelle. Il toucha à l'eau avec son pied, il pouvait ressentir la chaleur de l'eau et il remonta son pied qui était maintenant tout humide.

— Est-ce que je peux aller dans l'eau ? Demanda-t-il à Alexandre.

— Bien sûr ! N'oublie pas, nous ne sommes pas réellement dans l'eau, nous sommes toujours dans le cylindre. Ton cerveau te fait voir et sentir, ce que le jeu holo veut bien.

Comme il n'y avait que 60 centimètres d'eau où se trouvait la planche de surf, David descendit de la planche et se laissa tomber de dos dans l'eau. C'était incroyable, il avait beau se dire que c'était irréel, il sentait l'eau sur tout son corps, il sentait son corps flotter, il avait même le goût du sel sur ses lèvres. Rien n'aurait pu lui laisser croire que ce n'était pas réel. Il s'éloigna de la plage pour pouvoir nager sous l'eau. Même le sel de mer lui picotait les yeux. L'eau regorgeait de poissons de toutes sortes de couleurs et de coraux magnifiques. C'était magique. Alexandre, qui était demeuré sur sa planche, demanda à David lorsqu'il émergea de l'eau, s'il voulait toujours faire du surfjet ? David avait presque oublié la planche de surfjet, tellement il y avait de beauté tout autour de lui.

— Bien sûr que je veux. Lui répondit David en nageant vers la planche.

— Je vais te donner une formation sur le fonctionnement de cette planche. Dit Alexandre.

— Le moteur antimatière dont est munie la planche, fonctionne sur commande verbale. Donc, si tu dis « arrêt », le moteur arrêtera, mais la planche ne s'arrêtera pas instantanément, elle continuera avec son élan naturel. Pour la vitesse, ça fonctionne par gradation, 1 étant la plus basse vitesse et 50 la puissance maximale. Je n'ai pour ma part jamais dépassé le 30, à 50, je ne crois pas que ta planche touche l'eau, elle doit tout simplement voler au-dessus. Fais attention, lorsque tu vas trop vite en sautant par-dessus une vague, tu risques de voler très haut dans les airs avant d'atterrir dans la mer. Mais comme tu le sais maintenant, le pire qu'il puisse t'arriver, quoi que tu fasses, c'est d'avoir une montée d'adrénaline intense et des douleurs temporaires. Avant de mettre le moteur en marche, je te conseillerais d'essayer de te tenir debout sur la planche.

David se hissa dessus sa planche sans aucune difficulté. Il se mit debout avec autant de facilité. Il exécuta 2 allers retours d'avant et d'arrière et pivota sur lui-même.

— Je vois que ce n'est pas la première fois que tu montes sur une planche de surf.

— J'en ai déjà fait 2 fois dans le passé. Je crois que c'est, surtout la planche à neige qui m'aide à avoir autant d'assurance. Répondit David.

— Ah ! Oui ! C'est vrai, j'oubliais que vous aviez le surf des neiges à votre époque. Tu es bon en surf des neiges ?

— Disons que je me débrouille.

— Alors je crois que l'on peut commencer. Je te suggère quand même d'y aller doucement pour commencer, le moteur est vraiment très puissant. Le temps de te familiariser avec les commandes vocales et la poussée du moteur.

— Vas-y, je vais regarder comment tu fais et ensuite je tenterai de te suivre. D'accord.

Alexandre se mit en position debout et dit tout haut

— « 3 »

Le moteur émit un léger sifflement et la planche avança doucement dans l'eau. Alexandre fit un grand cercle autour de David et lorsque le cercle fut complété, il dit ;

— « 6 »

Le sifflement du moteur augmenta à peine et la planche avança deux fois plus vite. Alexandre refit le même cercle autour de David et lorsque revenu à son point de départ, il dit :

— « arrêt ».

La planche continua effectivement un peu au-dessus de l'eau pour s'immobiliser lentement près de David.

— À toi maintenant.

David qui s'était assis sur sa planche le temps de la démonstration se mit debout, il fléchit légèrement les genoux et dit tout haut :

— « 3 »

Le moteur émit un sifflement et la planche avança, David n'avait aucun problème à manier la planche, il fit le même cercle qu'Alexandre avait fait. Puis il fit augmenter la vitesse à 6, étant très confiant, David n'avait pas prévu la poussée du moteur et ne s'était pas bien positionné pour absorber cette poussée de vitesse, il tomba à l'eau à l'arrière de la planche. Alexandre riait encore à sa remontée. La planche se tenait juste à côté de sa tête, ce qui le surprit.

— Comment ce fait-il que la planche n'est pas continuée, je n'ai pas dit arrêt.

— Le programme est ainsi fait. Aussitôt que tes pieds quittent la planche, celle-ci se retrouve automatiquement à ta portée. Lorsque tu commandes le moteur à une vitesse plus élevée, tu dois te préparer pour la poussée.

— Je sais, mais je ne suis pas encore habitué. Laisse-moi une heure et tu verras. Répondit David.

— Maintenant, recommence et si ça va bien, on demandera au jeu de faire apparaître les vagues.

David n'avait même pas remarqué que la mer était d'un calme plat, aucun ruissellement sur l'eau, on aurait dit un miroir bleu translucide. Il recommença et cette fois-ci lors du changement de vitesse, il n'eut aucune difficulté à garder son équilibre. À son arrivée près de lui, Alexandre lui demanda s'il voulait de grosses vagues ou des petites pour commencer.

— Je dirais qu'avec des vagues d'un mètre ça devrait aller.

— Très bien, tu peux aller à la vitesse que tu veux pour aller rejoindre les vagues. Tout en gardant en mémoire que si tu vas trop vite en sautant par-dessus, tu peux aller très haut dans les airs et que l'amerrissage peut-être douloureux. Il est très important de baisser ta vitesse à 2 et moins lorsque tu veux surfer la vague, sinon tu ne pourras pas surfer, tu la devanceras tout le temps. Tu peux même demander un arrêt si tu veux.

Alexandre dit tout haut,

— « Jeu holo » vague de 1 mètre.

Aussitôt prononcé, David aperçut des vagues au large qui venaient vers la plage.

— Vraiment trop cool cette machine, je n'en reviens tout simplement pas.

Les 2 garçons se dirigèrent vers le large, couchés sur leur planche. David suivait Alexandre en mentionnant la même vitesse que celui-ci empruntait. Une fois à bonne distance de la plage, Alexandre effectua un demi-cercle afin de mettre le devant de sa planche, face à la plage. David fit pareil. Les deux jeunes se trouvaient maintenant en parallèle. Alexandre regarda derrière lui pour voir à quelle distance se trouvait la prochaine vague, elle arriverait à eux dans moins de 20 secondes. Il se mit debout et David en fit autant, il mentionna « 2 » et la planche se mit à avancer.

David se tenait maintenant à environ 5 mètres à la droite d'Alexandre. La vague arriva et les deux réussirent à la prendre sans difficulté. David se sentit lever par cette vague, il sentait le vent dans ses cheveux, il était excité par la vitesse que prenait la planche. Il effectua quelques manœuvres simples pour commencer. Partout où son regard se posait, il pouvait voir le fond de la mer, que du sable blanc. Il apercevait Alexandre qui effectuait des manœuvres spectaculaires à sa gauche. Il tenta de l'imiter et tomba dans l'eau. Comme lors de sa première chute, la planche se trouvait tout près de lui lorsqu'il remonta à la surface. Il chercha Alexandre des yeux et aperçut ce dernier qui arrivait tout près de la plage. Il remonta sur sa planche et s'assit en attendant Alexandre, qui revenait vers lui.

— Alors comment trouves-tu ça ? Lui demanda Alexandre.

— Il n'y a pas de mot pour décrire ce que je ressens. Je suis émerveillé, excité et surtout très chanceux de pouvoir vivre une expérience semblable. Plusieurs fois, depuis que je suis ici à votre époque, je me suis dit que c'était un rêve et que je me réveillerais chez moi, dans mon lit. Je profite de chaque moment et, bien que j'aime ma famille par-dessus tout et que j'ai hâte de les revoir ainsi que mes amis, je sais que j'aurai énormément de difficulté à revenir à la réalité. En parlant d'amis, n'as-tu pas des amis avec qui tu te tiens d'habitude ? Demanda David.

— Oui bien entendu, j'ai des compagnons et compagnes. Je leur ai dit que je travaillais avec mon père sur un projet très important. Bon maintenant, est-ce que tu es prêt pour de l'adrénaline pure ?

— Je suis toujours prêt pour ça.

— Très bien. « Jeu holo » vague de 5 mètres.

Cette fois-ci, David eut une légère appréhension en voyant les murs d'eau venir vers eux.

— Ne t'en fais pas, tu fais comme pour les autres vagues. Cette fois-ci tu pourras foncer dans le tunnel qui va se situer devant la vague.

David avait déjà vu ce type de vague, mais à la télé seulement, il n'avait jamais surfé une telle vague. De toute façon, se dit-il, qu'est ce que je risque ?

— Allons-y ! S'écria-t-il.

Ils prirent la vague avec autant de facilité que la plus petite ; la différence se situait sur la hauteur à laquelle il se trouvait, lorsqu'il surfa la vague, ainsi que par la vitesse à laquelle il se déplaçait sur le devant de celle-ci. Il devait se concentrer sur chacun de ses mouvements et ne pouvait prendre le risque de regarder Alexandre. Il vit le fameux tunnel dont Alexandre lui avait parlé et se dirigea vers lui.

En entrant dans le tunnel, une trombe d'eau le frappa de côté et il tomba une fois de plus dans l'eau. Cette fois-ci par contre, il virevolta pendant d'interminables secondes sous l'eau ne sachant plus où se situait la surface. Comme il commençait à manquer d'air, il vit le soleil briller à travers la couche d'eau, il battit des pieds et nagea jusqu'à la surface. Arrivé à l'air libre, il emplit ses poumons d'air.

Voyant une autre vague arriver devant lui, il s'agrippa à la planche et effectuant une rotation de son corps, il cria :

— « 10 », la planche fila droit vers la plage, devançant l'énorme vague qui le suivait. David arriva sur le sable et se jeta sur le dos, encore à bout de souffle. Alexandre ne tarda pas à venir le rejoindre sur la plage.

— Tu as pris un bouillon ?

— Non, mais je me suis fait brasser pas à peu près. Je croyais bien mourir noyé.

— Moi je me suis effectivement noyé 2 fois avant de réussir le tunnel.

— Ne penses-tu pas que tu aurais pu m'en informer auparavant

— Si je l'avais fait, est-ce que tu aurais voulu l'essayer quand même ?

— Certainement pas.

— C'est pour ça que je ne te l'ai pas dit. Lorsque tu y penses à froid, comment de fois pourrais-tu te noyer dans la vraie vie ?

— Une seule fois, voyons. Répondit David.

— Alors ne crois-tu pas que juste le fait de vivre cette aventure est spécial en soi.

— Je ne vois pas ce qu'il y a d'excitant au fait de mourir noyer. Dit David. Moi je peux te dire que j'ai eu la frousse de ma vie et que le sentiment que j'ai ressenti n'était pas agréable du tout.

— Pour ma part, je trouve que c'est une expérience extraordinaire que tu ne pourras recréer nulle part. Imagine, tu peux vivre toutes les façons dont tu risques de mourir et voir l'effet que ça fait, sans risquer quoi que ce soit. Mais si vraiment tu ne veux pas vivre cette expérience, tu peux facilement éviter tout ceci en appuyant sur la paume de ta main droite comme je te l'ai montré lors du premier jeu.

Le visage de David reprit de la couleur.

— C'est vrai, je l'avais complètement oublié. Il faut dire que c'est tellement réel, qu'on ne pense pas pouvoir tout arrêter juste en s'appuyant sur la paume de notre main.

— Alors on y retourne ou tu veux essayer autre chose ? Demanda Alexandre.

— Ce que j'aimerais c'est revenir au calme plat et me promener avec le surf jet. Je crois que je ne suis pas encore assez bon pour passer au 5 mètres.

— Bien, pas de problème « Jeu holo » aucune vague.

L'eau redevint comme un miroir. David se dirigea vers sa planche, avança plus profondément dans l'eau et embarqua sur sa planche.

— « 3 » ordonna-t-il.

Aussitôt qu'il arriva dans le plus profond, il dit :

— « 6 »,

Puis, s'adaptant à la poussée à chaque fois, il augmenta de 3 à chaque fois, après quelques secondes il était à la puissance 30 et filait à vive allure. Il exécuta plusieurs figures en se penchant sur les côtés de sa planche ou en s'appuyant sur l'arrière de sa planche. Il adorait la sensation de puissance et la vitesse qu'il pouvait atteindre sur le surfjet. Alexandre filait également à haute vitesse en parallèle. David dit tout haut :

— « 33 »

Il sentit une légère poussée, mais moins importante qu'en basse vitesse, il augmenta progressivement pour atteindre la puissance 42. Il avait l'impression de voler sur l'eau, il n'osa pas effectuer de manœuvre et de ce fait, il filait droit devant lui à une vitesse incroyable, distançant ainsi Alexandre rapidement. Comme il voulait revenir vers la terre ferme, il inclina légèrement sa planche vers la gauche en appuyant son pied gauche sur le côté de la planche. À ce moment la planche commença à tourner, mais entra trop profondément dans l'eau et l'effet ne se fit pas attendre. La planche ainsi que son passager volèrent littéralement dans les airs en virevoltant. David tenta d'appuyer dans la paume de sa main droite, mais tout son corps virevoltait sans aucun contrôle et il ne réussit pas à placer ses deux mains ensemble. Comme il le craignait, son corps frappa l'eau à toute vitesse et le choc ressenti, fut le même que d'avoir frappé un mur à toute vitesse. Il bondit plusieurs fois sur la surface de l'eau avant de s'immobiliser finalement en s'enfonçant dans l'eau.

Alexandre venait tout juste de le rejoindre lorsque finalement David refit surface. Cette fois-ci, tout le corps de David lui semblait en compote.

— Je n'ai jamais vu un corps humain aussi désarticulé lors d'une chute. Ce n'était pas croyable, mentionna Alexandre.

David répondit à Alexandre avec difficulté, il avait du mal à respirer et à parler.

— Crois-moi, c'était vrai, je le sens dans tout mon corps, je suis certain que je me suis cassé quelque chose.

— Mais non, dès qu'on sera de retour dans le cylindre, tu ne sentiras plus rien. N'oublie pas, dans le cylindre, tu es debout et tu n'as pas bougé d'un centimètre. Donc ton corps n'a subi aucune blessure, c'est le jeu qui suggère à ton cerveau cette douleur.

— Alors, attends-moi un peu. Dit David.

Il appuya sur la paume de sa main droite et se retrouva instantanément dans le cylindre du jeu holo. Comme l'avait prédit Alexandre,

David ne ressentait plus rien au niveau de la douleur, par contre son taux d'adrénaline était encore haut. Il dit tout haut

— « Retour au jeu »

Il se retrouva à nouveau près d'Alexandre sur sa planche de « surf jet ».

— Bon au moins là je n'ai plus mal nulle part. C'est vraiment trop cool ce jeu-là. Mais pour l'instant, je crois que je me contenterais de me laisser flotter tout simplement dans l'eau. J'ai eu ma dose d'adrénaline pour la journée.

Chapitre 24

Émission d'onde 0

Olivier errait dans ses pensées, Étienne l'en sortit en disant.

— Est-ce que tu as songé à la mer Égée ?

— Je ne fais que ça.

— As-tu une idée ?

— Je crois que nous en sommes la cause.

— Nous, comment ça, nous ?

— Je crois que c'est nos actions dans le passé qui ont créé cette situation. Dit Olivier.

— Mais ce n'est pas la pollution qui a causé le taux d'acidité de l'eau. Répondit Étienne.

— Je sais, je sais, mais je ne vois aucune autre raison logique pour expliquer ce phénomène. Je vais prévenir le gouvernement central. Ils se chargeront bien de faire des tests plus poussé, peut-être trouveront-ils la réponse. S'ils ne trouvent pas la raison, alors cela voudrait dire que j'ai raison. Pour l'instant, nous devons nous concentrer que sur une seule chose.

— Ta nouvelle invention pour cacher toute émission d'onde ?

— Exactement. Répondit Olivier. Attends-moi ici, je vais aviser le gouvernement central et je reviens. Olivier revint dans le laboratoire, 20 minutes après.

— Tu en as mis du temps. Lui dit Étienne.

— La personne du gouvernement central me connaissait, alors

il se doutait bien que nous avions fait quelques tests et il se renseignait sur ceux-ci. Ils envoient immédiatement une équipe de chercheurs. Il m'a demandé si je voulais me joindre à eux.

— Que lui as-tu répondu ?

— Que je n'avais pas trouvé d'explication et que je m'en remettais à mes collègues pour trouver la solution. Bon maintenant, mettons-nous au travail. Dit Olivier. Nous avons assez perdu de temps.

— Très bien, que puis-je faire pour t'aider ?

— Il faudrait que tu vérifies à l'intérieur de mon NPSS, si on pouvait transformer ou masquer cette invention en un des appareils qui n'est pas absolument nécessaire.

— Est-ce que c'est la grosseur finale ? Demanda Étienne, tout en indiquant la nouvelle invention d'Olivier qui prenait forme.

— Il ne manque qu'une ou deux pièces protoniques, mais ça ne devrait pas changer la dimension.

— Très bien, Cadu prend une image holo de cet appareil et transfère-la dans le vaisseau d'Olivier.

Étienne quitta le laboratoire pour sortir vers l'extérieur. Pendant ce temps Olivier fit une batterie de tests sur sa nouvelle invention. Semblant satisfait, il demanda à Cadu d'établir un diagramme en 3 dimensions de l'appareil. Puis il ajouta effectivement une nouvelle pièce protonique. L'appareil une fois terminé n'était pas plus grand qu'un four à micro-ondes de l'année 2010.

Olivier porta l'appareil jusqu'au vaisseau d'Étienne, il entra à l'intérieur, brancha l'appareil au système central du vaisseau, puis rejoignit son laboratoire où Étienne l'attendait déjà.

— Où est ton invention ?

— Je l'ai branché à l'intérieur de ton NPSS, je veux faire un test. Cadu, est-ce que tu perçois des ondes provenant des 2 vaisseaux à l'extérieur ?

— Je perçois très bien les ondes émises par le vaisseau d'Olivier, du moins par le moteur. Je reçois également certaines ondes du vaisseau d'Étienne, mais beaucoup moins précises. Mentionna Cadu.

— Étienne, voudrais-tu mettre en marche ton vaisseau et demande à ton ordinateur de bord de tout mettre en fonction. Ne communique pas avec l'holo, au cas où il capterait nos messages.

— OK, j'y vais et je reviens. C'est fait ! Annonça-t-il 5 minutes plus tard.

— Maintenant, Cadu, refais l'analyse pour le vaisseau d'Étienne.

— Je perçois toujours les mêmes ondes. Annonça Cadu.

— Tu n'en perçois pas plus ? Demanda Olivier.

— Non, je perçois seulement des ondes provenant du moteur antimatière.

— Très bien. Je vais aller récupérer l'appareil, dit Olivier. Il ne me restera qu'à modifier le magnétex afin de créer l'enveloppe de plasma. Tu peux venir avec moi pour arrêter ton vaisseau, en même temps tu en profiteras pour me dire ce que tu as trouvé comme emplacement de rechange pour l'appareil.

— Je pensais que tu l'avais oublié.

— Mais voyons, tu me connais mieux que ça.

Les 2 hommes se retrouvèrent à l'intérieur du vaisseau d'Étienne. Étienne demanda à l'ordinateur de bord de tout éteindre.

— Regarde, j'avais pensé qu'on pourrait modifier ton appareil pour qu'il ressemble à cette console de commande.

— Oui, ça ne devrait pas être trop compliqué de faire les modifications. Mais il faudra également inclure les fonctions de la console de commande, donc miniaturiser le tout afin qu'il n'y ait aucun changement.

Olivier mis trois jours à faire les modifications au magnétex à l'aide de Cadu. Il dut faire plusieurs dizaines d'essais avant d'être satisfait du résultat final. Pendant ces trois jours, David et Alexandre occupaient leur temps, soit : À jouer à des jeux virtuels dans le cylindre du jeu holo, soit à voyager autour du monde. David savourait chaque seconde qu'il passait dans cette décennie. Il savait qu'il était plus que privilégié.
Mais il ne pouvait s'empêcher de penser à sa famille et à l'angoisse qu'ils devaient ressentir à sa disparition. Heureusement, il n'y avait pas beaucoup de temps morts et les journées passaient à un rythme fou. Lors d'un de leurs retours de voyage, David vit un homme inconnu faire le ménage de la maison. Alexandre voyant que David avait vu l'homme lui présenta Karl.
— David, je te présente Karl, notre robot.
Karl ressemblait à tout sauf à un robot. Il avait un visage parfait, très beau, 1 mètre 80, 85 kilos, les yeux bleus, un sourire incroyable. Il présenta la main à David, ce qui surprit Alexandre.
— Pourquoi lui tends-tu la main ? Demanda Alexandre.
— Parce qu'à l'époque à laquelle il vit, c'est ainsi que les gens font.
C'était maintenant au tour de David d'être surpris. Il regarda Alexandre et lui demanda.
— Est-ce que vous lui en avez parlé ?
— Non pas du tout. Comment sais-tu qu'il vient d'une autre époque ? Demanda Alexandre à Karl.

— J'ai analysé sa démarche ainsi que son élocution et j'ai comparé avec mes banques de données. J'en ai conclu qu'il venait des années 2000 environ.

Les deux jeunes hommes avaient peine à croire ce qu'ils venaient d'entendre. La main de Karl était chaude et charnue, jamais David n'aurait pu se douter qu'il s'agissait d'un robot.

— Est-ce que je peux faire quelque chose pour vous ? Demanda Karl.

— Non, merci Karl. Répondit Alexandre.

Le robot continua à faire le ménage tout en sifflant une mélodie inconnue de David. Une fois qu'ils eurent quitté la pièce, David dit à Alexandre ;

— On jurerait un être humain, j'ai déjà vu un film ou les robots avaient pris le contrôle de la planète, vous n'avez pas peur que cela arrive avec des robots si perfectionnés ?

— Ta question est légitime, nos savants se sont effectivement penchés sur ce problème. Les robots furent programmés pour n'avoir aucune agressivité, ainsi qu'aucun goût de conquête. De plus, ils sont vulnérables aux pulsions électriques, ce qui nous permettrait de les contrôler advenant une défaillance de leurs systèmes.

— Comment se fait-il qu'il soit chaud ?

— L'antimatière émet de la chaleur, lorsqu' enfermée dans un moule hermétique comme le corps des robots.

— Pourquoi avoir un robot mâle, alors que vous êtes tous des hommes à vivre ici ?

— Je ne me suis jamais posé la question. Karl est dans notre maison depuis que je suis né. C'est peut-être ma mère qui l'avait choisi.

C'était la première fois qu'Alexandre parlait de sa mère.

David ne lui avait jamais demandé où elle était. Alexandre continua en disant ;

— Ma mère était également une savante, elle étudiait les volcans, elle est morte lors d'une éruption, il y a 5 ans déjà.

— Je suis désolé. Elle doit te manquer beaucoup ?

— Oui, elle me manque énormément.

Sur ce dernier mot, Alexandre quitta la pièce. David devina qu'il pleurait et le laissa seul.

Lorsqu' Olivier mentionna à Étienne qu'il croyait avoir terminé son invention, Étienne resta bouche bée.

— Déjà ? Tu crois que ça fonctionnera ?

— Il n'y a qu'un seul moyen de le savoir, allons l'essayer. Lui dit Olivier.

Olivier et Étienne installèrent les deux nouveaux appareils à l'intérieur du vaisseau d'Étienne. Une fois complété, Olivier demanda à Étienne de tout allumer dans son vaisseau en incluant le moteur antimatière.

— Tu devras rester à l'intérieur de ton vaisseau le temps du test Étienne. Tu ne pourras pas traverser l'enveloppe de molécule sans danger pour ta santé. Je vais te montrer comment mettre le magnétex en marche une fois que je me serai éloigné.

Olivier indiqua la procédure à suivre pour créer l'enveloppe de plasma ainsi que le champ magnétique.

— Maintenant, je vais sortir, attends environ 5 minutes et mets le magnétex en marche. Dans un premier temps, je veux voir s'il y a quelque chose de visible à l'oeil nu, lorsque les deux champs sont en fonction. Après quoi j'irai vérifier avec Cadu si les ondes sont bien toutes absorbées.

— Très bien mentionna Étienne, mais juste au cas où… Es-tu

certain que je ne devrais pas revêtir une combinaison de protection? Tu dis que je ne pourrais pas traverser l'enveloppe sans danger pour ma santé, je te rappelle que l'appareil qui va émettre cette fameuse enveloppe dangereuse pour ma santé est situé à une distance de bras de moi présentement et lors de sa mise en fonction également.

— L'appareil fonctionne sur le même principe que le champ magnétique du magnétex, il est expulsé à l'extérieur par les différentes zones de sortie du vaisseau et le boitier est complètement isolé pour ne pas subir de perte de puissance. Je comprends ton inquiétude, mais je tiens beaucoup trop à toi pour te laisser courir de risque. Bon j'y vais. Ça ne devrait prendre plus de 30 minutes. Olivier sorti du vaisseau d'Étienne, s'éloigna à plus de 100 mètres du vaisseau et après quelques minutes d'attente, il ne vit absolument aucune différence autour du NSPSS d'Olivier. Il s'assura que les 5 minutes étaient bien largement dépassées puis il se dirigea à l'intérieur.

— Cadu, essaie de percevoir les ondes émises par le vaisseau d'Étienne ? Demanda-t-il à l'ordinateur central.

— Je ne perçois qu'une seule onde. Elle est émise par le moteur antimatière de ton vaisseau et non par celui d'Étienne. Je ne crois pas que le vaisseau d'Étienne soit à proximité de la terre.

— Il est exactement à 150 mètres de nous le vaisseau d'Étienne, regarde dans ton système de surveillance extérieur.

— . Ce n'est pas possible, je vois le vaisseau, mais il n'y a aucun signal d'émis.

— Cela voudrait dire que j'ai réussi !!!! S'exclama Olivier. 40 minutes plus tard, Étienne entra dans la pièce.

— Et puis ? Demanda-t-il nerveusement à Olivier.

— Émission d'onde 0 ! Répondit joyeusement Olivier.

Même Cadu n'y croyait pas. Il pensait que ton vaisseau n'était pas à proximité de la terre.

— Je n'en reviens pas, tu as réellement réussi à rendre le vaisseau complètement invisible.

— Le système d'invisibilité ! C'est vrai, j'avais oublié ce détail, le système d'invisibilité n'était pas en fonction, je ne crois pas que cela fasse une très grande différence, mais il faudrait que tu retournes dans ton vaisseau et que tu places absolument tout ce que tu as comme équipement en fonction en incluant l'invisibilité et je vais refaire le test.

Étienne retourna donc dans son vaisseau et fit ce qu'Olivier lui avait demandé. Le vaisseau disparu, Cadu refit les mêmes tests et obtint les mêmes résultats. Étienne revint 20 minutes plus tard dans la pièce. Le même visage souriant l'accueillit.

— À te voir sourire, je suis certain que c'est encore une réussite.

— Oui, totalement. Maintenant, il nous reste à essayer ton vaisseau à pleine puissance. Le moteur antimatière fonctionnant à plein régime émet 200 fois plus d'ondes qu'un moteur à l'arrêt. J'aimerais que tu retournes dans ton vaisseau et que tu te promènes autour de la terre à la vitesse maximale de ton vaisseau. Tu dois encore tout mettre en fonction afin qu'il y ait émission d'ondes maximales et n'oublie pas de démarrer le système d'invincibilité.

— Tu veux que je reste en vol, combien de temps ? Demanda Étienne.

— Fais deux fois le tour de la planète à la vitesse maximale et reviens. Ça devrait suffire à Cadu pour détecter toutes traces d'ondes émises par ton vaisseau, s'il y en a encore. N'oublie pas que tu dois attendre d'être dans l'Ionosphère avant de pousser les moteurs, il ne faudrait pas créer de bang supersonique.

Ça ne servirait à rien d'être complètement invisible, si même les personnes aveugles peuvent nous détecter par le bruit.

Étienne décolla donc, et fila à toutes vitesses sans dépasser la vitesse du son (1 224 km/heures), vers l'Ionosphère. De là, il poussa son moteur à pleine puissance et fit le tour de la terre à deux reprises. Étienne avait mis plus de temps à atteindre l'Ionosphère, qu'à faire deux fois le tour de la planète à puissance maximale. Pendant ce temps, Olivier, avec l'aide de Cadu, tenta de repérer des signaux émis par le vaisseau d'Étienne. Même en entrant le signal particulier émis par le moteur antimatière du vaisseau d'Étienne, Cadu ne réussi pas à le localiser ou même à percevoir le moindre signal émis par le NPSS.

— Maintenant vérifie la signature thermique du vaisseau, Cadu.

— Je ne perçois aucune variance de température.

— Je veux que tu continues à vérifier la signature thermique jusqu'à ce que le vaisseau s'immobilise ici.

Peu de temps après, Étienne posa son Nspss. Cadu mentionna alors ;

— Aucune signature thermique ne fut détectée.

— Merveilleux ! S'exclama Olivier.

Olivier rejoignit Étienne à l'extérieur.

— Cette fois-ci Étienne, nous avons vraiment quelque chose à fêter. Il n'y avait vraiment aucune émission. Tu étais complètement invisible aux yeux de tous les humains, ainsi qu'aux systèmes de détections de tous les appareils de détection connue.

— Même la signature thermique ? Demanda Étienne.

— Oui, même la signature thermique. Alors, viens, nous allons fêter ça. Nous l'avons bien mérité.

— Ça ne sera pas une corvée, je meurs de soif. Répondit Étienne.

Chapitre 25

Des étoiles dans les yeux

Marianne fut assignée comme officier de liaison entre la FDZT et les extraterrestres. En effet, tout vaisseau extraterrestre qui voulait atterrir sur la terre devait obligatoirement entrer en contact avec l'officier de liaison, afin d'obtenir l'autorisation. Son nouveau bureau était situé sur une falaise qui surplombait la mer en Californie.

Marianne admirait la vue qu'elle avait du bureau. Un message holo s'annonça, il s'agissait du lieutenant Lokman.

— Alors Marianne, ce nouvel emploi ? Ton nouveau bureau ?

— Je n'ai rien à dire sur l'emplacement du bureau, c'est magnifique! Pour l'emploi… Je ne peux rien dire, je n'ai eu aucune demande pour l'instant. Comment ça va au centre ? Est-ce que les gens posent des questions sur mon départ ?

— J'ai réuni l'équipe et je leur ai expliqué que tu avais eu un conflit avec le commandant et qu'il t'avait affecté momentanément à une autre tâche.

— Je suppose que c'était la meilleure chose à faire. Tu sais, j'ai enregistré un rapport sur les événements qui m'ont conduit ici, je ne l'ai pas encore envoyé, mais j'y pense toujours.

— Tu sais ce que j'en pense, nous en avons déjà parlé. Quoi qu'il en soit, je veux que tu saches que je serai toujours derrière toi, quelle que soit ta décision. En attendant si jamais tu avais une requête quelconque, n'hésite pas à me contacter.

— Quand crois-tu que je pourrai revenir ?

— Je n'en sais rien, 2 mois minimum, 6 mois peut-être.

— 6 mois ! Je n'avais pas imaginé que ça pourrait durer autant.

— Il vaut mieux imaginer le pire, comme ça, ça te paraîtra moins long. Profite de cette période pour t'occuper de toi, sort, amuse-toi, pense à d'autres choses qu'à ton travail.

— Pour l'instant, la seule chose à laquelle je pense, c'est à Tarek et à la façon dont je pourrais lui faire mordre la poussière.

— La vengeance n'est jamais bonne conseillère, je dois te laisser, j'ai des choses à m'occuper. N'oublie pas, si jamais tu as un besoin, contacte-moi.

Une fois l'image de Lokman évaporé, Marianne regarda la mer, elle rageait intérieurement.

Cette nuit-là, elle rêva d'Olivier. Ils marchaient main dans la main sur une superbe plage de sable fin, un coucher de soleil d'un rouge étincelant s'enfonçait lentement dans l'océan. Olivier la souleva de terre et l'allongea doucement sur le sable, il la regarda intensément avant de l'embrasser fougueusement. Il éloigna son visage afin de contempler son corps, il passa doucement sa main sur sa joue, puis descendit lentement dans son cou, Marianne sentie des vibrations jusque dans le bas du dos. Le duvet de ses bras se dressa, son souffle s'accéléra. La main d'Olivier revint vers les épaules de Marianne, il effleura ses seins du bout des doigts, elle sentit ses mamelons se durcir instantanément ; il continua à caresser Marianne de sa main, tout en la regardant droit dans les yeux. Il avait des étoiles dans les yeux. Marianne ferma les siens afin de savourer chaque seconde intensément. Il lui fit l'amour passionnément. Au matin, Marianne se réveilla avec le sourire, ce qu'elle n'avait pas eu depuis des jours. Pour une rare fois, elle se souvenait en détail de son rêve de la veille. Elle pensa que finalement Lokman avait peut-être raison, elle devrait prendre plus soin d'elle et maintenant, elle savait ce qu'elle désirait, même son subconscient le réclamait.

Vers 13 h 00 elle contacta Olivier via un message holo. Olivier fut ravi de revoir Marianne, même si ce n'était que, par une image holographique.
Il remarqua que contrairement aux autres fois, elle était légèrement maquillée, ses lèvres étaient plus marquées et ses cils également. Elle était en uniforme, mais il ne regardait que ses yeux.

— Bonjour Monsieur Bruneau, vous vous souvenez de moi ?

— Comment pourrais-je oublier une si jolie femme ! S'exclama Olivier.
Le visage de Marianne rougit légèrement, elle se remémora son rêve à ce compliment.

— Que me vaut le plaisir de cet appel holo ?

— J'ai été affectée à une autre fonction, donc je n'ai plus aucun lien avec votre dossier. Je me demandais si votre invitation tenait toujours.
Olivier fut à la fois étonné et ravi de cette demande, mais il était également prudent ; s'agissait-il d'un piège ? Était-elle envoyée en mission par la FDZT pour lui soutirer la vérité en le charmant. Quoi qu'il en soit, il désirait sa présence et pourrait facilement vérifier ses craintes.

— Absolument, vous n'avez qu'à me dire la date et l'heure et je vous ferai découvrir le talent de mon synthétiseur d'aliments.

— Je pensais à ce soir, disons à 19 h 00, mais ici, dans mon nouveau chez moi.

— Où sont vos nouveaux quartiers ? Demanda Olivier.

— En Californie, sur le bord de la mer. Vous verrez, c'est magnifique! Je vais vous laisser les coordonnés pour le télétransporteur.

— Très bien, 19 h 00, je serai-là avec joie.

Marianne hésita et dit ;

— J'ai hâte de te revoir Olivier.

— Moi aussi Marianne. Répondit Olivier, tout sourire.

L'image holo disparue. Olivier alla retrouver Étienne, il devait se rassurer. Après lui avoir mentionné qu'il venait de recevoir une invitation à souper de la part de Marianne, il lui fit part de ses craintes au sujet de la FDZT.

— Je crois que tu as raison d'être prudent, mais comme tu seras sur tes gardes, tu pourras mieux analyser la situation, tant que tu ne laisses pas seulement tes hormones te dicter ta conduite. Tu devrais garder le contrôle, lui dit Étienne. Tu sais pour avoir assisté à votre première rencontre, je crois que ses sentiments sont réels… Comme je ne suis pas un grand connaisseur de ce domaine, je peux me tromper.

Cette discussion rassura Olivier. Il savait qu'il pouvait compter sur la sagesse d'Étienne. Son ami était un homme posé qui regardait les choses avec du recul et pouvait analyser les choses froidement. Olivier tenta de travailler à la dissimulation de ses nouvelles inventions dans le vaisseau d'Étienne, mais son esprit était ailleurs. Il pensait à Marianne, mais la mémoire de Marie occupa également ses pensées. Il se rendit au télétransporteur vers 18 h 55. Il entra les coordonnées, se dévêtit, alla placer ses vêtements au centre de la pièce et les télétransporta à destination, puis il alla se placer au centre de la pièce et attendit que l'appareil le télétransporte à son tour. Marianne l'attendait à l'extérieur de la pièce où était placé le télétransporteur. Une fois habillé, il l'a rejoignit à l'extérieur. Elle alla tout de suite vers lui et lui fit la bise sur les deux joues, ce qui surprit un peu Olivier. Elle lui fit faire le tour de ses nouvelles installations pour finir par la vue sur la mer.

— Vous… Euh ! Je veux dire… Tu avais raison, c'est magnifique. Pourquoi est-ce qu'on t'a assigné à ce nouveau poste ?

— Écoute Olivier, je ne veux pas te mentir, c'est un peu à cause de toi. Olivier recula d'un pas. Avait-il deviné juste ? S'agissait-il d'une mission commandée ?

— Comment ça ! À cause de moi ?
Marianne hésita quelques secondes.

— Comme je te l'ai dit, je ne veux pas te mentir, mais… Promets-moi de garder tout ce que je te dirai secret et de ne le répéter à personne, même pas à ton fils ou à ton collègue.

— Je te le promets.

— Mon supérieur voulait que j'utilise mon charme pour obtenir des informations de ta part. J'ai refusé et pour me punir, il m'a fait transférer à une autre tâche.
Olivier était sous le choc, il avait donc finalement raison.

— Je croyais que l'enquête sur nous était terminée ?

— En ce qui concerne le lieutenant Lokman et moi-même, effectivement elle est terminée. Pour notre supérieur, pour une raison que j'ignore, il ne veut pas fermer le dossier.

— Je ne vois pas ta nouvelle fonction comme une punition, bien au contraire, on pourrait penser qu'il s'agit d'une promotion, mentionna-t-il.
Olivier avait complètement oublié la principale raison de sa venue, il ne pensait qu'au complot dont il était la victime. Il ne voyait plus la femme attirante devant lui, mais un agent de la FDZT. Il était dans un état de rage. Marianne perçut ce changement dans l'attitude d'Olivier.

— Tarek sait que j'aime les enquêtes par-dessus tout, ce nouveau poste me fut attribué par le Lieutenant Lokman. Je crois que Tarek n'est même pas au courant, tout ce qu'il a demandé à Lokman, c'est que je ne le croise plus au centre.

— Alors si vraiment vous avez refusé cette mission, qu'est-ce que je fais ici ?

Olivier venait de crier sa dernière phrase. Marianne regarda Olivier droit dans les yeux, ses yeux s'humidifièrent et des larmes commencèrent à couler.

— je croyais que tu l'avais compris.

Voyant les larmes de Marianne, Olivier se calma et demanda ;

— Si tu es vraiment sincère, alors dis-moi pourquoi ton Tarek ne veut pas abandonner l'enquête ?

Marianne ne voulait pas parler des micros à Olivier, elle ne voulait pas qu'il pense qu'elle avait endossé ce plan.

— Il a fait installer des micros dans ton vaisseau et comme tu l'as insulté devant tous ses hommes, il doit vouloir se venger.

Olivier savait maintenant que Marianne disait la vérité et qu'elle avait vraiment des sentiments pour lui. Il s'approcha d'elle et l'a pris dans ses bras.

— Je suis désolé d'avoir douté de toi, mais comprends-moi… C'est une situation assez particulière.

Marianne qui s'était blottie le visage dans le creux de l'épaule d'Olivier, lui répondit ;

— Je sais, je ne t'en veux pas.

Olivier prit le visage de Marianne entre ses mains, il la regarda intensément, et l'embrassa tendrement. Juste avant qu'il l'embrasse, elle avait vu des étoiles dans ses yeux bleus acier. Malgré l'extrême franchise dont Marianne avait fait preuve, Olivier ne lui parla, ni de la découverte du micro, ni de l'astron et ni de ses dernières inventions.

Il ne pouvait risquer de tout lui avouer, du moins, pas avant que David ait pu retourner dans son époque. Ils passèrent une soirée très agréable. Ils parlèrent de leur passé, de leur famille, de leur travail. Ni l'un ni l'autre ne firent allusion à l'enquête. Vers 1 h 30 Olivier se leva du fauteuil flottant où ils étaient enlacés et mentionna à Marianne qu'il devait retourner chez lui. Elle lui prit la main et l'attira vers elle. Elle l'embrassa fougueusement et lui murmura dans l'oreille

— « Passe la nuit avec moi ».

Olivier mourait d'envie de rester et de lui faire l'amour, mais il ne voulait pas s'impliquer trop dans cette relation avant d'avoir reconduit David chez lui. Il se sentirait moins mal de cacher des choses à Marianne s'il n'allait pas aussi loin dans sa relation. Après, il pourrait tout lui dire. Même si elle lui avait avoué ses sentiments et lui avait tout dit à propos de l'enquête, il n'en demeurait pas moins qu'elle était un agent de la FDZT et qu'elle ne comprendrait peut-être pas les raisons pour lesquelles Olivier ne voulait pas parler de sa découverte, à propos de l'Astron. Olivier lui parla très tendrement et lui dit ;

— Ce n'est pas que je n'ai pas le goût, ça serait plutôt le contraire. Mais j'aimerais mieux que l'on prenne notre temps. C'est la première fois que je touche une autre femme depuis Marie.

— Je comprends, ne t'en fais pas, je serai patiente, pas trop quand même. Moi aussi ça fait très longtemps que je n'ai pas eu d'homme dans ma vie et j'ai décidé que c'était assez. Tu pourrais quand même rester à coucher ici, on se collerait sans plus.

— Tu sais très bien que nous ne pourrions en rester là, pas moi, du moins.

— Moi non plus je ne pourrais pas t'avoir nu à mes côtés sans te toucher. Bon d'accord, si tu veux vraiment partir, tu dois le faire tout de suite, avant que je ne puisse plus me retenir. Donne-moi un dernier baiser et promets-moi qu'on se verra très bientôt, lui dit Marianne en l'attirant de nouveau vers elle.

Elle alla le reconduire à la salle du télétransporteur, elle entra les coordonnées de la maison d'Olivier, puis elle le regarda se dévêtir. Elle contemplait son corps athlétique, il doit sûrement s'entraîner se dit-elle. Elle commença à se diriger vers lui, mais Olivier lu dans ses pensées et lui dit,
— Non, non, reste là et sois sage.
Il ne ressentait aucune gêne de se retrouver nu devant elle. Il alla poser ses vêtements dans le centre de la pièce et se recula, puis il prit place au même endroit que ses vêtements avaient disparu. Comme il regardait vers le centre de contrôle, il ne vit pas Marianne. Il sentit plutôt ses mains dans son dos, puis ses bras l'enveloppèrent, les mains de Marianne se promenaient partout sur son corps et explorait le moindre recoin de son anatomie.
— Je suis désolée, lui murmura-t-elle, je suis incapable de me retenir. J'ai rêvé de toi la nuit dernière et tout mon être te désire. Te voir nu comme ça, c'était trop. Tu es tellement beau, encore plus que dans mon rêve.
Elle le tourna face à elle et l'embrassa fougueusement en lui caressant le dos. Le sexe d'Olivier était maintenant gonflé de sang et elle le sentit. Sa main descendit vers son membre. Olivier utilisa toute sa volonté pour lui prendre la main et la placer sur son dos.
— J'ai le goût autant que toi, comme tu vois, mais comprends moi. Ça sera encore mieux si l'on attend.

Il l'a retourna doucement vers la console de commande et lui dit ;

— Sois gentille, retourne-moi chez moi.

— Très bien, j'y vais, mais… tourne-toi de dos, sinon je ne garantie pas mes actes.

Marianne observa longuement Olivier avant d'actionner la commande de téléportation. Elle voulait garder le souvenir de son corps avant qu'il ne quitte. Cette nuit-là, elle se caressa en pensant à lui.

Chapitre 26

La menace

Jean-Louis venait d'arriver de son travail, il entra dans la cuisine. Sylvie y était déjà assise et regardait sa tasse de tisane, il vit tout de suite qu'elle avait pleuré.

— Est-ce que je peux faire quelque chose pour atténuer ta peine? Lui demanda-t-il.

— Oui, retrouve-le.

— Tu sais très bien que je ferais tout pour le retrouver.

— Je crois que ce colonel Fuller ne nous dit pas tout.

— C'est normal. Répondit Jean-Louis. Il ne peut pas tout nous dire, il s'agit de sécurité nationale.

— Pour l'instant, il s'agit de notre fils et je me fou totalement de la nation. S'il ne nous dit pas tout, nous allons convoquer la presse et tout leur dévoiler.
Sylvie insista auprès de Jean-Louis pour qu'il communique avec le colonel.

— Si ça ne fonctionne pas, lui dit-elle, dis-lui bien que nous irons voir la presse et les médias.

— Ne crois-tu pas qu'ils pourraient tout simplement nous enfermer, tous les trois afin de nous empêcher de parler ?

— Pourquoi ferait-il une chose pareille, nous avons des droits, nous ne sommes pas dans une république de banane. Lui répondit Sylvie.

— Je ne sais pas. Je crois que pour l'intérêt de la nation, ils peuvent tout se permettre ou presque.

— Moi, je sais une chose, David a disparu et nous n'avons aucune explication logique pour le retrouver. Je sais ce que nous allons faire, dit Sylvie, nous allons faire une vidéo de nous en expliquant tout ce qui est arrivé depuis la disparition de David. Nous en ferons plusieurs copies et nous en apporterons lorsqu'on ira voir le colonel et nous en enverrons une copie par poste prioritaire à ton cousin André, le policier. Nous lui transmettrons des directives très claires à savoir que s'il n'a plus aucune nouvelle de nous pendant plus de 4 jours, il devra contacter les médias et leur remettre la cassette. Qu'est-ce que tu en penses ?

— On se croirait en plein scénario de film. Ce n'est pas une mauvaise idée, mais selon moi, il ne sait pas grand-chose de plus que ce qu'il nous a dit.

— Moi, je crois que ça vaut la peine d'essayer, dit Sylvie.

— Très bien nous allons faire comme tu veux. Je vais chercher la caméra.

— Moi, je vais appeler ton cousin André et lui expliquer ce qu'il va recevoir.

Jean-Louis et Sylvie exécutèrent la vidéo et mirent Melody au courant de leurs plans, qu'elle approuva également. Ils placèrent l'original de la vidéo dans une enveloppe-réponse affranchie et pré adressé à l'attention d'André.
Ils demandèrent à Melody d'aller poster le colis directement au bureau de poste. Une fois Melody revenue, Sylvie demanda à Jean-Louis d'appeler le Colonel et de prendre un rendez-vous avec lui. Ce qu'il fit, une fois l'appareil téléphonique déposé, elle lui demanda ;

— Et puis ?

— Rien, il n'était pas là. J'ai laissé un message à un de ses hommes en lui mentionnant que c'était urgent. Je connais assez les militaires pour savoir que son homme est déjà en communication avec lui.

Sylvie dut lui donner raison parce que 30 minutes plus tard, le Colonel appelait à la maison. Il leur donna rendez-vous à 13 : 00 au poste de commandement, établi à l'entrée de la forêt de Melbourne Vallée. Après avoir passé deux barrages de soldat où il dut s'identifier, Jean-Louis se gara près d'une immense tente où l'on pouvait voir deux lettres au-dessus de la porte. Q.G. Sylvie fut la première à prendre la parole lorsque le Colonel arriva devant eux.

— Nous sommes désolés de venir vous déranger dans vos recherches… Mais, je crois que nous avons le droit de savoir ce qui se passe et s'il y a de l'espoir de retrouver notre fils ?

— Écoutez monsieur et madame Clément, je sais exactement ce que vous pouvez vivre, j'ai également un fils du même âge que le vôtre, sachez que nous faisons tout pour retrouver votre fils, mais comme je vous l'ai déjà dit, je ne crois pas qu'il soit ici sur terre et je ne peux absolument pas vous dire combien de temps cela prendra. Je peux déjà vous confirmer qu'il s'agit d'un vaisseau extraterrestre et qu'effectivement, il semblerait, qu'ils aient pris votre fils avec eux suite à sa blessure. Selon l'examen de la scène, votre fils a eu un accident de vélo et possiblement que ceux-ci ont décidé de l'amener avec eux pour le soigner.

— Pour le soigner ou pour le disséquer ?

Sylvie avait parlé sans réfléchir. Elle fut elle-même surprise de ce qu'elle venait de dire. Le Colonel regarda Sylvie droit dans les yeux.

— Je vous l'ai déjà dit, Madame Clément, ils ne semblent pas hostiles et selon nos constatations, ils n'ont pas besoin d'étudier notre anatomie, ils sont déjà beaucoup plus en avance que nous au niveau technologique et scientifique.

Bien sûr, le colonel garda pour lui la portion de l'appareil de provenance terrestre, les Clément ne devaient pas savoir cela. Même le Colonel n'en revenait pas, il était à la section spéciale du SSES depuis maintenant plus de 7 ans, la découverte récente de la provenance de l'appareil (le trilium) retrouvé sur un des sites remettait toutes ses hypothèses en doute. Toutes ces années, il était convaincu qu'il enquêtait bel et bien sur la venue d'extraterrestre. Pouvait-il s'être trompé toutes ces années. Les Russes ou les Chinois pouvaient-ils vraiment être si en avance que ça ! Cela semblait impossible. Le Colonel demanda aux Clément s'ils avaient d'autres questions. Jean-Louis regarda Sylvie et cette dernière fit signe que non. Elle se leva et dit au colonel.

— Je vous remercie, Colonel de votre franchise. Je dois vous dire que nous pensions vraiment que vous nous cachiez quelque chose.

— Dites-moi Colonel, avez-vous déjà vu un de ses extraterrestres ? Demanda Jean-Louis.

— Non malheureusement, je n'ai encore jamais eu cette chance.

— Alors comment savez-vous qu'ils sont inoffensifs pour les humains ? Demanda Sylvie.

— C'est une déduction, suite à nos nombreuses enquêtes. Jamais auparavant ils n'ont enlevé d'autres êtres humains ou animaux à notre connaissance. Nous avons également remarqué qu'ils sont extrêmement attentifs à ne pas endommager la nature.

— Selon moi, c'est pour ne pas laisser de trace de leurs passages. Répondit Jean-Louis.

— C'est vrai que ça pourrait être une raison. Mais je peux vous dire qu'ils n'ont jamais endommagé la faune ou la flore et ce, peu

importe où les atterrissages avaient lieu. J'espère avoir répondu à toutes vos questions ? Je dois maintenant retourner travailler.
Après que le couple eu quitté, le colonel se plaça derrière son ordinateur portable. Il examina attentivement toutes les enquêtes dont il avait eu la responsabilité. Il regarda les analyses, les traces laissées. Celles-ci ne se résumaient souvent qu'à des mesures d'instrument sophistiqué. Les photos des sites présumés, puis finalement les photos de l'appareil abandonné (le trilium).
Il ne pouvait pas croire qu'il s'agissait de Russe ou de Chinois.
Il réfléchit intensément, puis il se frappa dans les mains, je sais.
Il prit son téléphone cellulaire et composa un numéro, après s'être présenté, il demanda à son interlocuteur d'utiliser l'appareil pour contrecarrer la captation de leur discussion. Une fois qu'il fut certain qu'il n'y avait plus aucun danger que leur discussion soit interceptée, il informa son interlocuteur, soit un des deux savants qu'il avait rencontré plus tôt, de sa pensée.

— Imaginé que les extraterrestres utilisent nos matériaux afin de créer leurs inventions, puis qu'il recrée en laboratoire de l'ADN humain afin de l'activer, qu'est-ce que vous en pensez ?

— Qu'ils utilisent nos matériaux, je veux bien. Il est possible que leur planète ne contienne pas ce qu'il faut pour créer ce genre d'appareil, mais pourquoi diable, voudraient-ils utiliser de l'ADN humain pour le faire fonctionner ? Si vous deviez inventer un système de protection pareil pour protéger votre invention, vous utiliseriez ce qui est le plus pratique pour vous, soit votre propre ADN, surtout s'il s'agit d'un ADN qui ne se trouve pas sur votre planète.

— Oui, mais si justement ils voulaient nous laisser croire qu'il s'agit d'un appareil fabriqué et utilisé par les humains ?

— Je ne crois pas qu'ils aient abandonné cet appareil intentionnellement. Pas avec toutes les possibilités qu'il offre. Répondit le savant.

— Oui vous avez raison, ce ne fut sûrement pas intentionnel. Je ne peux toujours pas me résigner à penser que ce soit des humains qui aient fabriqué cet appareil, ils ne peuvent être si avancés sans qu'on n'ait jamais eu la moindre information de nos services de renseignements. Je devrais peut-être vérifier auprès de nos voisins américains ?

— Si je peux me permettre Colonel. Je n'en ferais rien. Vous ne feriez qu'attirer leurs attentions et je ne crois pas que vous voudriez voir nos amis américains, débarquer ici avec la cavalerie.

— Je ne parlais pas de les aviser que nous avons cet appareil, mais plutôt de leur demander s'ils avaient entendu les mêmes rumeurs que nous au sujet d'un appareil inventé par les Chinois qui avait la possibilité d'analyser le sol à distance.

— Qu'allez-vous leur répondre lorsqu'ils vous demanderont d'où viennent vos sources ?

— C'est la beauté d'une rumeur, on ne sait jamais d'où elle est partie.

— Peut-être. Personnellement, je ne les aviserais pas. Je vais retourner travailler. Aviez-vous encore besoin de moi ?

— Non, c'est bien, merci de vos réponses et commentaires, dit le Colonel en raccrochant le combiné téléphonique.
Malgré toutes les réponses des savants, le Colonel ne pouvait croire qu'il s'agissait d'une invention humaine.

— Il y a sûrement quelque chose qui nous échappe, mais quoi?

Chapitre 27

La revanche de Tarek

Le Commandant Tarek avait demandé au lieutenant Lokman de venir le rencontrer dans son bureau. Aussitôt qu'il entra dans son bureau, Tarek lui demanda de fermer l'ouverture du bureau.

— Lieutenant, je sais ce que vous pensez de moi… Que je n'ai pas de coeur, pas de cerveau… Que je suis colérique et que mes hommes me détestent.

Lokman alla prendre la parole, lorsque le commandant leva la main en sa direction.

— Laissez-moi finir. Je me fou totalement de ce que vous pensez de moi, j'ai un travail à accomplir et je l'accomplirai. Malheureusement pour vous, je suis votre supérieur et vous n'avez d'autre choix que d'obéir aux ordres. Maintenant je veux que vous affectiez vos 2 meilleurs hommes à la surveillance de ce Bruneau. Je veux une surveillance satellite 24 sur 24 de sa résidence. Une dernière chose Lieutenant, je vous interdis formellement de parler de tout ceci à la sergente Wright.

Voyant que le commandant avait terminé, il prit la parole.

— Permission de parler Commandant ?

— Non. Répondit Tarek, exécution Lieutenant.

— Désolé, je vais quand même prendre la parole. Vous êtes effectivement colérique et les hommes ne vous apprécient pas vraiment pour cette raison. Je ne pense pas que vous n'ayez pas de coeur ni de cerveau, par contre je crois que vous vous laissez guider par vos sentiments ou plutôt par vos ressentiments.

Je crois que vous voulez surtout vous venger de monsieur Bruneau parce qu'il vous a ridiculisé et non parce que vous pensez réellement qu'il constitue un danger pour la planète. C'est là que je ne suis pas d'accord avec vous Commandant. Je vais exécuter vos ordres, mais je ne les approuve pas.

Sur ces derniers mots, le lieutenant tourna les talons et quitta le bureau. Laissant le commandant rouge de rage sur sa chaise. La surveillance de la résidence d'Olivier commença 2 heures plus tard.

Au souper, Olivier annonça à David que si tout allait bien, il pourrait aller le reconduire d'ici deux ou trois jours. David laissa échapper un « Cool », puis il devint songeur.

— Qu'est-ce qu'il y a ? Lui demanda Alexandre.

— Bien sûr, je suis content de retourner chez moi, mais en même temps, je vis présentement un rêve et juste de penser que tout ceci prendra fin dans si peu de temps, ça me rend mélancolique.

À ces mots, Alexandre réalisa aussi subitement qu'il perdrait un ami et son visage s'attrista également. Olivier qui avait remarqué ceci prit la parole.

— Je sais que ce n'est pas facile, mais le temps arrange tout. Lorsque tu retrouveras ta famille et tes amis, ça ira beaucoup mieux. Maintenant, tu verras la vie d'une nouvelle façon et j'ose espérer que tu te serviras de ton expérience dans notre époque, pour changer les habitudes dans la tienne.

— Ça, c'est certain ! Précisa David. Mais il reste que je n'ai pas beaucoup de moyens et que je n'ai que 15 ans. Je ne vois pas encore très bien comment je ferai pour influencer les gens de mon époque.

— Commence par ton entourage immédiat, ensuite par ton école, tu verras, en très peu de temps, les bonnes habitudes deviennent collectives et se répandront à ta ville, puis à d'autres villes, puis à ta province. Sers-toi des médias de ton époque, Internet, les médias écrits, et visuels. Sans que tu t'en aperçoives, tes efforts seront récompensés. Deviens un ambassadeur de l'écologie.

— Est-ce que tu penses que tu pourrais me révéler une invention de votre époque qui pourrait m'aider à éliminer la pollution de la nôtre ?

— Tu sais, plusieurs fois depuis que nous avons trouvé le moyen de voyager dans le temps, j'ai pensé laisser des plans d'une invention permettant d'éliminer la pollution. Mais est-ce que c'est la bonne chose à faire ? Je ne sais pas.

— Quel est la différence entre, me remettre les plans d'une invention ou que j'influence mon époque à être écologiquement responsable ? Demanda David.

— Admettons que je te remets les plans d'un moteur antimatière, pour faire disparaître complètement les moteurs à essence, qui sont une des principales sources de pollution de ton époque. Que crois-tu qui se passerait ?

— Exactement ce que vous souhaitez. Une diminution importante de la pollution atmosphérique. Répondit David.

— Mais crois-tu réellement que les compagnies pétrolières laisseront filer autant d'argent sans rien dire. Ils ont des moyens radicaux pour éliminer ce genre de problème. S'ils ne peuvent acheter le silence des gens, ils n'hésiteront pas à faire disparaître les gens qui s'interposeraient à leurs plans. Tu crois qu'il n'y a jamais eu d'inventions pour des moteurs plus écologiques dans ton époque. Leurs silences furent soit achetés ou obtenus par menace. Je ne voudrais pas te placer en danger en te remettant ces plans.

— Oui, mais si je remettais cette invention à plusieurs compagnies à la fois ou encore mieux, si je la rendais disponible au monde entier en même temps, et ce gratuitement. Les compagnies pétrolières ne pourraient rien faire.

Étienne regarda Olivier.

— Il marque un point là.

Celui-ci réfléchit.

— Peut-être, je ne sais pas, laisse-moi y penser.

Après le repas, David demanda à Alexandre s'il voulait aller visiter d'autres pays avec lui.

— Bien sûr, où voudrais-tu aller ?

— J'aimerais bien visiter la Grèce et l'Italie, répondit David.

Pendant que les 2 garçons visitaient la Grèce, Olivier et Étienne discutèrent de la demande de David.

— Je crois que ça pourrait certainement nous donner un coup de main. Mentionna Étienne.

— Je sais, mais l'antimatière, entre de mauvaises mains, peut devenir une arme redoutable. Si, David une fois dans son époque rend l'invention disponible pour tous, ça ne veut pas dire qu'ils ne l'utiliseront qu'à bon escient. L'antimatière ne fut contrôlée et utilisée qu'après la grande catastrophe. Maintenant que la population est décimée, plus personne ne cherche à faire la guerre. À l'époque de David, je ne suis pas certain que les gouvernements ou les militaires ne se serviraient pas de cette invention pour dominer.

— Oui tu as probablement raison.

— Mais si au lieu du moteur à l'antimatière, on lui remettait les plans du moteur à l'hydrogène ? Dit Olivier.

— N'avaient-ils pas déjà inventé ce moteur à cette époque ? Demande Étienne.

— Oui, mais le moteur qu'ils ont inventé est archaïque et nécessite une grande capacité de stockage en plus de ne procurer qu'environ 400 kilomètres d'autonomie. Le plan du moteur que nous leur enverrons n'a rien à voir avec ça, tu le sais bien. Ils n'auront besoin que d'un verre d'eau pour plusieurs milliers de kilomètres d'autonomie. Si David distribue les plans à toutes les grandes compagnies automobiles, ainsi qu'au public en général, et ce gratuitement, ne crois-tu pas que ça fonctionnerait ?

— L'hydrogène ne représente pas une arme en soi. C'est vrai que si on réussit à enlever le pétrole et le charbon des habitudes de vie de cette époque, ça risque de modifier de beaucoup la nôtre.

— Pourquoi pas, je crois que ça pourrait fonctionner.

— Il faudrait par contre qu'il puisse envoyer les plans de façon totalement anonyme, sinon il se fera interroger par les autorités en place au sujet de la provenance de cette découverte.

— La technologie de cette époque est encore loin de ce procédé de transformation.

— Ça, je n'en suis pas si certain. Répondit Étienne.

— Alors, dis-moi comment se fait-il que les réservoirs d'hydrogène des fusées de ce temps mesuraient plus de 47 mètres de hauteur ? Demanda Olivier.

— OK, tu as peut-être raison. Répondit Étienne.

— Il faudra aussi s'assurer que les gens qui recevront ces plans seront en mesure de les comprendre, donc il faudra les simplifier au maximum. Cadu ?

— Olivier.

— Est-ce que tu peux simplifier les plans de nos derniers moteurs à hydrogène, afin de les rendre compréhensibles pour des gens du 21e siècle ?

— Ne sont-ils pas assez simples comme ça ? Répondit Cadu. Olivier sourit.

— Pour toi Cadu. Pour toi tout est simple, mais la formule mathématique utilisée pour ces plans n'existe pas encore à cette époque, la formule de Triblo.

— Ça ne devrait pas être trop compliqué, pour quand as-tu besoin de ces plans ? Demanda Cadu.

— Le plus tôt possible.

— Ça sera près demain matin. Répondit Cadu.

Étienne demanda à Olivier s'il croyait effectivement aller reconduire David dans 2 jours.

— Je ne vois rien qui pourrait nous en empêcher. J'avais hâte de retourner dans l'Astron. Moi aussi. Dit Olivier.

— Maintenant, ils nous restent encore à dissimuler les inventions dans ton vaisseau.

— J'ai quelques idées et je crois qu'on pourra les réaliser facilement, mais je vais avoir besoin de toi.

Le lendemain, les deux hommes finalisèrent effectivement la dissimulation des inventions, à l'intérieur du vaisseau d'Olivier. Ils échangèrent le moteur antimatière pour un nouveau qu'Olivier avait lui-même fabriqué avec l'aide des nanorobots ; ne voulant pas éveiller les soupçons de la FDZT lors d'une commande du nouveau moteur.

Au souper, Olivier annonça à table que, comme prévu, demain matin ils pourraient tous aller reconduire David chez lui. David eut beaucoup de difficulté à trouver le sommeil, il pensait à tout ce qu'il avait vécu et à la suite des événements. Il ignorait encore comment Olivier réussissait à voyager dans le temps. Alexandre lui avait dit qu'il ne pouvait pas lui révéler cette information. Olivier et Étienne l'avaient préparé pour la façon dont il pourrait diffuser les plans de l'invention via le web sans laisser de trace de l'auteur. Ce plan énervait également David, il savait que cette invention pourrait rendre sa famille immensément riche, mais il savait aussi qu'Olivier avait raison lorsqu'il mentionnait que les pétrolières ne laisseraient jamais quelqu'un leur enlever leurs monopoles. Qu'il risquait de placer sa famille en danger.

David eut beaucoup de difficulté à se lever, il n'avait presque pas dormi. Visiblement, Alexandre avait également mal dormi. Les 4 hommes déjeunèrent ensemble, un silence lourd s'étant installé. Olivier brisa le silence en demandant à David... Quelle serait la première chose qu'il ferait en arrivant dans son époque ?

— Je n'y ai pas pensé, je suppose que je vais me lancer dans les bras de ma famille. Au fait, est-ce que je vais arriver au moment où vous m'avez trouvé inconscient ou plus tard ?

— Nous ne pouvons pas arriver dans la période avant ta découverte, sinon il y aurait 2 David. Idéalement, nous tenterons de te ramener au moment où nous t'avons amené avec nous. Donc tu pourras retourner chez toi avant qu'il ne commence à s'inquiéter. J'ai une entière confiance en toi, mais je préfère t'avertir. Tu ne dois pas oublier que ton histoire sera incroyable. Pour eux tu n'auras disparu que le temps de ta balade en vélo. Tu peux compter ton aventure à qui tu veux, mais tu dois garder cette information à l'esprit.

Les 2 agents de la FDZT aperçurent l'image des 4 hommes se diriger vers le nouveau hangar. Ils questionnèrent l'ordinateur holo afin de valider l'information voulant qu'il n'y eût que 3 personnes qui devait habiter la maison d'Olivier.

— Qui est le 4e individu, dit tout haut l'un des 2 surveillants.
— Il semblait être de la même corpulence que le plus petit, il doit

s'agir d'un ami de cet Alexandre. Répondit l'autre.

Peu de temps après l'entrée des 4 hommes dans le hangar, l'entrée principale se releva. Les 2 surveillants observèrent attentivement ce qui sortirait du hangar, mais, après 5 minutes, la porte se referma et rien n'était sorti.

Ils examinèrent les écrans radars ainsi que les signatures thermiques des deux navettes. Absolument aucune trace de déplacement. Pendant 4 heures les hommes de Tarek ne lâchèrent pas des yeux le hangar. Rien, personne ne sortirent du hangar.

— Tu crois qu'on devrait aviser Tarek ? Demanda l'un d'eux.

— Oui, je pense qu'on devrait l'aviser. Répondit l'autre.

Le commandant fut furieux d'apprendre que ses hommes avaient attendu 4 heures pour l'aviser. Il ordonna de se rendre immédiatement sur les lieux avec 8 autres membres de l'équipe. Il ordonna aux deux hommes, qui surveillaient la résidence, de continuer à scruter le hangar jusqu'à son arrivée sur les lieux et de l'aviser si la moindre chose se passait.

Sur les lieux, ils découvrirent le hangar vide, personnes à l'intérieur. Le NPSS d'Olivier n'était plus là. Il y avait le vaisseau d'Étienne ainsi qu'un moteur de navette antimatière. Après avoir analysé la scène, Tarek mentionna à Lokman ;

— Je vous garantis que c'est le moteur de la navette de ce Bruneau. Je veux que l'on recherche tout l'ADN qu'il y a sur les lieux. Lancer un avis de recherche pour son vaisseau. Contactez-les via message holo et informez-les qu'ils sont tous en état d'arrestation pour violation des règlements du gouvernement central.

Tarek se retourna vers la sortie du hangar, un sourire se prononça sur ses lèvres.

— Enfin j'aurai ma vengeance, dit-il à mi-voix.

Le résultat des tests d'ADN surprit quelque peu les hommes de la FDZT.

— Nous avons trouvé l'ADN d'Olivier Bruneau, de son fils Alexandre ainsi que celle de cet Étienne, le quatrième ADN est humain, mais non répertorié.

— Comment ça ? Non répertorié. C'est impossible ! S'écria Tarek. Refaites l'analyse.

— Nous l'avons fait à trois reprises.

— Cela voudrait dire qu'il ne s'agit pas d'un terrien, mentionna Lokman.

— Pas d'un terrien ou pas d'un terrien de cette époque ! S'exclama Tarek songeur. Nous avons toujours pensé que l'Astron était une porte sur l'espace-temps, mais toutes nos tentatives de le traverser et d'en revenir furent des échecs. Ce Bruneau a probablement réussi à en percer le secret. Est-ce que vous l'avez rejoint par message holo ?

— Non, il n'y a aucune réponse, comme ci le vaisseau était hors de portée. Commandant, je commence à penser que vous avez raison.

— Mais comment son vaisseau, a-t-il pu échapper à tous nos systèmes de détection, Commandant ?

— C'est ce que je vais découvrir aussitôt que nous aurons mis la main dessus. Pour l'instant, vous me fouiller sa maison, ainsi que celle de cet Étienne et envoyer deux vaisseaux intercepteurs près de l'Astron, dès qu'il passe ce foutu trou noir, vous me les placer en détention.

Chapitre 28

Le retour en l'an 2010

Olivier demanda à Alexandre de bander les yeux à David avant le départ. Après avoir minutieusement calculé l'endroit exact de l'entrée dans l'Astron, ils traversèrent le trou noir. Il indiqua à Alexandre qu'il pouvait enlever le bandeau des yeux de David. Peu de temps après, le vaisseau d'Olivier se posa tout doucement dans la même clairière de Melbourne Valley, ainsi qu'il l'avait fait lors de leur première visite. La seule différence est qu'il se retrouvait environ 5 minutes après leur premier départ avec David blessé à bord de leur vaisseau. Avant de sortir du vaisseau, Olivier demanda à David de revêtir ses propres vêtements, qu'Olivier avait apportés dans le vaisseau. Une fois à l'extérieur du NPSS, les 4 hommes se rendirent près du vélo de David.

— Tu veux qu'on le répare afin que tu puisses te rendre chez toi ? Demanda Alexandre.

— Non, ça va aller, ça expliquera mon retard. Je vais marcher, j'en ai pour environ 1 heure de marche. Qu'est-ce qu'une heure lorsqu'on vient de faire un bond de 190 ans dans le temps. Mentionna David en riant.

Les 3 hommes rirent également.

— J'ai placé les plans du moteur à hydrogène dans ta poche de pantalon. Dit Olivier.

David regarda les 3 hommes et ouvrit la bouche pour parler, il hésita, l'émotion lui serrait la gorge.

— Est-ce que je vous reverrai un jour ?

Alexandre se retourna vers son père.

— Non, je ne crois pas, répondit Olivier. Cela vaut mieux comme ça. Mais tu sais, on suivra ton parcours dans notre passé, ne nous déçoit pas. Nous comptons sur toi David.

Olivier étreignit David et le salua, avant de retourner vers le vaisseau en lui criant ; N'oublie pas David, pour tes proches, tu n'es parti, que depuis quelques heures.
Étienne serra également David et lui souhaita bonne chance. Les 2 garçons se retrouvèrent seuls.

— Toi au moins, avec toutes les choses que tu peux faire en 2200, tu n'auras pas le temps de t'ennuyer.

— Quand tu joues avec un nouveau jeu, que tu viens de recevoir, pendant quelques mois, tu t'en désintéresses n'est-ce pas?

— Oui, c'est certain, mais nos jeux Xbox ne sont rien, comparés aux jeux holo.

— C'est la même chose pour le jeu holo que pour les jeux que tu as à ton époque. Je penserai souvent à toi, David. Tu es super cool comme tu dirais.

— Toi, tu es super moderne Ha ! Ha ! Allez viens ici. Dit David en s'écartant les bras.
Ils s'étreignirent et lorsqu'ils se séparèrent les deux se tournèrent le dos, ne voulant pas que l'autre voit les larmes qui coulaient de leurs yeux. David prit son vélo qu'il releva du sol, il se retourna et vit Alexandre disparaître à l'intérieur du vaisseau invisible. Il essuya ses larmes et fit signe de la main, en direction où il avait vu Alexandre pour la dernière fois.

David arriva chez lui vers 21 : 00, ses parents étaient assis sur le balcon lorsqu'il arriva à pied à côté de son vélo dont la roue avant était pliée.

— Tu as vécu toute une aventure à ce que je vois. Lui dit son père, en parlant de sa roue de vélo tordue.

— Tu n'as pas idée. Répondit David.
Sa mère lui demanda s'il s'était blessé.

— Non, je n'ai rien. Je ne peux en dire autant de mon vélo.

— Alors je vais vous laisser entre hommes, je suis super fatiguée, je vais me coucher. Bye mes deux amours.

— Maman attend.
David déposa son vélo sur le gazon et alla embrasser sa mère en la serrant dans ses bras.

— Je t'aime maman. Lui chuchota-t-il à l'oreille.
Sa mère le regarda.

— Moi aussi, mon ange. Tu es certain de ne pas t'être blessé à la tête ?

— Oui, j'en suis certain, bonne nuit, maman.

Sa mère rentra à l'intérieur tout en regardant David, elle ne l'avait jamais connu aussi affectueux et était agréablement surprise.

— Alors, viens me conter comment tu as réussi à tordre la roue de vélo de cette façon. Mentionna Jean-Louis.
Tout en tapotant le coussin à côté de lui, pour montrer à David où il voulait qu'il s'assoie. David s'assit près de son père et lui raconta tout, sans exception. Il était 02 h 00 lorsque finalement David acheva son histoire.

— Wow ! Méchante histoire, avoue que c'est un peu difficile à croire, non ?

David sortit le plan du moteur à hydrogène qu'Olivier lui avait remis. Jean-Louis examina le plan attentivement, pendant plus de 5 minutes. Il regarda David intensément, le prit dans ses bras et le serra contre lui. David savait que son père le croyait maintenant.

— Que veux-tu faire maintenant ? Lui demanda son père.

— Pour l'instant, je crois que je vais essayer d'aller dormir. Pour la suite, je crois que je vais tout simplement suivre le plan d'Olivier. Qu'est-ce que tu en penses papa ?

Jean-Louis qui avait encore le nez dans le plan du moteur, releva la tête et répondit ;

— Je crois que la nuit porte conseil, alors je vais faire comme toi et nous en reparlerons demain. T'en rends-tu compte, un moteur hydrogène qui fonctionne complètement à l'eau et qui a une autonomie illimitée. Un simple verre d'eau peut fournir l'énergie pour l'équivalent de 10 000 litres d'essence. L'hydrogène serait produit à la demande, ce qui évite toute manipulation ou stockage. Avant que David ne traverse le pas de la porte, il se retourna et demanda à son père.

— Est-ce que tu crois qu'on devrait en parler à maman et Melody ?

— Je crois qu'il y a déjà une personne de trop au courant, mais je ne te remercierai jamais assez de m'avoir accordé ce privilège.

Le lendemain matin, David se leva avant tout le monde, il prépara des crêpes pour toute la famille et fit couler du café. Melody fut la première à se lever, elle regarda son frère mettre la table et placer les crêpes au milieu de celle-ci.

— Ben voyons, qu'est-ce qui te prend tout d'un coup ? Tu dois vouloir quelque chose, c'est certain, qu'est-ce que tu veux ?

— Non, je ne veux rien, je veux juste être gentil, c'est tout. Est-ce que tu veux un jus d'orange ?

Melody regarda son frère,

— Non, non, ça ne prend pas avec moi, tu n'es pas normal, qu'est-ce que tu as fait ? Tu dois sûrement avoir fait une connerie ou je ne sais trop.

David s'approcha de sa sœur et lui fit l'accolade.

— Je vous aime, et c'est tout, rien de plus, rien de moins. Hier, j'ai eu un accident de vélo et je croyais ma dernière heure arrivée, ça m'a fait réaliser à quel point je tenais à vous tous.

— Tu devrais avoir des accidents de vélo plus souvent, Melody répondit-elle en s'assoyant à la table et en prenant 2 crêpes avec ses mains.

Jean-Louis et Sylvie arrivèrent environ 10 minutes plus tard.

— Wow ! Qu'est-ce qui vous prend ? Demanda Sylvie à David et Melody.

— C'est David, répondit Melody. Apparemment, il a eu tellement peur de mourir qu'il s'est aperçu à quel point, nous étions importants à ses yeux. Je lui ai dit qu'il pouvait avoir des accidents toutes les semaines si ça le rendait comme ça.

— Ce n'est pas une chose à dire, voyons Melody. Tu m'avais dit que tu ne t'étais pas blessé ?

— C'est vrai, répondit David. Je n'ai pas une seule petite égratignure, mais c'est vrai que je l'ai échappé belle.

Il regarda son père qui lui fit un clin d'œil en lui souriant.

— Bon, on ne va pas laisser ces belles crêpes se refroidir hein? Dis Jean-Louis, en s'assoyant à son tour à la table.

Toute la famille parla autour de la table, ils n'avaient pas eu de telles discussions depuis des années. Melody aida son frère à ramasser la table et faire la vaisselle. Jean-Louis arriva dans la cuisine et demanda à David s'il voulait aller au magasin de vélo, pour aller acheter une autre roue.

— On en profitera pour jaser un peu, lui dit-il, en lui lançant un clin d'œil.

— Je termine ça et j'arrive.

Une fois dans la voiture, Jean-Louis prit la parole.

— Tu sais, je crois que tes amis ont raison, on ne peut pas sortir ça nous-mêmes. Bien que cette invention nous rendrait immensément riches, si nous ne sommes pas en vie pour en profiter à quoi ça sert. Il faut que ce soit fait de façon confidentielle et à grande échelle. Alors, parle-moi de la façon qu'ils t'ont dit de procéder ?

Une fois que David eu fini de lui raconter le projet, Jean-Louis acquiesça.

— Je crois que c'est effectivement une bonne méthode. En plus de protéger la source d'information, les pétrolières n'y pourront rien. Tous les pays seront au courant ainsi que le grand public en général. Il va falloir prendre une image du plan sur imagerie numérique et le placer sur une clef USB. Nous irons par la suite dans un café internet à Montréal. Nous procèderons avec la méthode que tes amis t'ont dictée afin d'envoyer le message à tous les médias de la planète, en plus de l'envoyer sur tous les réseaux sociaux connus.

— Merci papa, je savais que je pouvais compter sur toi.

— Nous irons en ville demain matin, c'est certain que je vais garder une copie du plan, je veux être le premier sur la rue à posséder son moteur à hydrogène.

— Mais tu ne connais rien à l'automobile.

— Non, mais je sais lire un plan et j'ai tellement d'amis inventeurs ; il devrait y en avoir un qui ne sera pas trop difficile à convaincre de m'aider à le fabriquer et à l'installer. Je n'aurai qu'à attendre que les médias commencent à en parler et j'irai le voir avec le plan. Je dirai que je l'ai reçu via Messenger. Tu ne m'as pas dit comment ils voyageaient dans le temps ?

— Je t'ai dit qu'il ne voulait pas en parler, ils m'ont bandé les yeux lors du retour.

— Tu dis qu'ils se télétransportent ?

— Oui, Olivier a dit que l'invention existait depuis très longtemps et qu'il ne l'avait qu'améliorée.

— Le projet Philadelphia ! Prononça Jean-Louis. C'était donc vrai.

— Quoi ? Demanda David.

— Il y aurait eu des tests d'effectués par l'armée américaine sur un bateau de guerre, sur la téléportation, mais le tout ce serait soldé par d'horribles résultats, l'armée aurait par la suite renoncé au projet. Le gouvernement américain a toujours nié cette histoire en disant qu'il s'agissait d'un canular. Qu'est-ce que tu ressentais lorsque tu utilisais le téléporteur ?

— Un léger picotement, c'est tout ! C'était quand même irréel de se retrouver à un endroit complètement différent dans la même seconde.

— Ce moteur antimatière, tu l'as vu ou non ?

— Non je ne l'ai pas vu, mais je sais que c'est très petit, environ de la grosseur d'une table de nuit.

— Ce n'est pas croyable, imagine l'évolution en si peu de temps. Tu as vu le moteur de la navette américaine ? Je devrai regarder ça de plus près.

— Lorsque tu as regardé l'histoire de la planète, est-ce que tu as vu ce qui arrivait en 2012 ?

— C'est vrai, j'ai complètement oublié de le demander. De toute façon, c'est certain que ce n'est pas la fin du monde, parce que j'étais en 2200 et qu'en 2100 il y avait encore 6 000 milliards d'humains sur la terre.

— Tu as raison. J'ai mille questions, mais nous avons bien le temps. Maintenant, allons t'acheter une nouvelle roue pour ton vélo.

Lorsque Jean-Louis et David revinrent à la maison, Antoine les attendait sur le trottoir.

— Salut David, bonjour Monsieur Clément. Tu veux venir faire du vélo, à Melbourne Valley ? Demanda Antoine à David.

— Pas aujourd'hui, j'ai eu ma dose de Melbourne Valley pour la semaine. Je me suis planté solide, hier sur un arbre. Ma roue avant est finie. Nous arrivons justement d'aller en acheter une autre.

— Je vais t'aider à la changer, après on pourrait jouer au basket ou se lancer la balle ?

— Va pour le basket.

Les deux amis changèrent la roue de la bicyclette de David puis firent plusieurs parties de 21 au panier installé sur le toit du garage de la maison. Bien sûr, David aurait bien aimé parler de son expérience à son ami, mais à quoi bon. Ce dernier ne l'aurait pas cru et en plus il l'aurait dit à tous leurs copains de l'école, qui se seraient foutus de sa tête. Son père lui avait également confirmé ce qu'Olivier lui avait dit. Que personne ne le croirait et que c'était mieux de garder ça pour lui. Antoine demeura à souper, puis les garçons firent quelques parties de Xbox avant qu'Antoine ne parte chez lui.

Le lendemain matin, Jean-Louis annonça à Sylvie qu'il amenait David à la pêche pour la journée.

— Pourquoi n'amènes-tu pas Melody ?

— Elle n'aime pas vraiment ça et je voulais faire une sortie entre hommes.

— Pourquoi n'iriez-vous pas faire les boutiques entre femmes?

— C'est une très bonne idée, je vais lui en parler dès qu'elle se réveillera.

Les deux hommes se rendirent dans le centre-ville de Montréal, dans un café Internet de la rue St-Denis. Jean-Louis s'assura qu'il n'y avait aucune caméra dans le café ainsi qu'à l'extérieur. Même si le plan prévoyait l'envoi du message via plusieurs relais informatiques qui devaient cacher la provenance exacte de la source du message, Jean-Louis ne voulait courir aucun risque. Une fois la connexion sur internet établie, David suivit la procédure qu'Olivier lui avait indiquée afin de dissimuler la provenance de la connexion. Une fois le protocole établi, David entra le contenu de la clef USB dans l'ordinateur et copia le contenu sur le Web. Il envoya également une copie à chaque principal journal des grandes villes de ce monde, ainsi qu'aux adresses électroniques des grandes chaines de télévision de la planète. Les deux hommes demeurèrent devant l'ordinateur plus de 4 heures. Une fois terminé, Jean Louis dit :

— Maintenant, il ne reste plus qu'à attendre que les médias demandent la vérification de la formule et des plans.
La réponse ne se fit pas attendre très longtemps. 2 jours plus tard dans les nouvelles du soir, en primeur, il y avait l'annonce d'une découverte incroyable qui allait changer le cours de l'histoire. Un moteur à l'hydrogène qui fonctionnait complètement à l'eau et qui ne nécessitait aucun réservoir. De plus, le moteur était d'une dimension si petite qu'il pouvait se loger dans le quart de l'espace d'un moteur conventionnel. La force de celui-ci était incroyable et

l'autonomie était infinie. Les plans du moteur ainsi que toutes les instructions sur sa fabrication furent transmirent à tous les grands médias de la planète en même temps par une personne complètement anonyme. Toutes les chaines télévisées ne parlaient que de cette invention. Les débats se succédèrent sur les raisons obscures qui auraient poussé une personne à renoncer à une telle fortune et pourquoi vouloir rester anonyme alors qu'il venait de découvrir l'invention ultime.

Certaines personnes mentionnèrent même que l'on ne devrait pas fabriquer ce moteur parce qu'il était diabolique, que ça ne pouvait être que l'invention du démon. Une semaine après l'envoi du plan du moteur, les Chinois firent une conférence de presse en mentionnant qu'ils avaient fabriqué le moteur et ils montrèrent le prototype au monde entier, ils confirmèrent que le moteur était fonctionnel et au-delà de leurs espérances. Ils ne comprenaient toujours pas comment une personne avait pu penser à une telle invention qui paraissait à des années-lumière de leurs technologies pourtant si évoluée.

Comme Jean- Louis l'avait dit, il fut le premier de sa petite communauté à posséder son moteur à hydrogène, qu'il avait conçu avec un de ses collègues inventeurs.
En un rien de temps, le nouveau moteur remplaça tous les moteurs à essence ainsi que les moteurs à l'huile et au diesel. Il y eut des modifications d'apportées aux avions et à la navette spatiale, qui put enfin se passer de ses énormes réservoirs. Moins d'un an après la divulgation du plan du moteur, le pétrole n'était utilisé que pour la fabrication d'autres gaz (éthane, propane, butane), du coke, des bitumes, des bases pour la pétrochimie pour la fabrication du plastique, du caoutchouc, les fibres synthétiques. Les lubrifiants, le

kérosène la paraffine et la graisse. Les pétrolières pour la plupart firent faillite, ce qui fit plonger toutes les bourses de la planète, mais l'écrasement boursier ne dura qu'un moment. Les compagnies automobiles ne mirent pas très longtemps pour exploiter les nouvelles possibilités de cette invention. Les nouveaux véhicules étaient beaucoup plus gros et l'espace de chargement doubla, dans certain modèle, le moteur fut complètement dissimulé sous les banquettes.

Comme le moteur ne produisait presque aucune chaleur et qu'il ne nécessitait aucun entretien, nul besoin de le placer à la vue et comme, il était de la grandeur d'une table à café, il pouvait facilement se loger n'importe où. Les constructeurs ayant compris que la consommation n'avait plus aucune importance, les camions de style Hummer et 4 roues motrices revinrent en force ; les VUS également.

La qualité de l'air dans les grandes villes s'améliora rapidement. David ne conta son histoire incroyable à personne d'autre. Peut-être lorsqu'il rencontrera la femme de sa vie, lui racontera-t-il son aventure… Qui sait. Il retourna à sa vie quotidienne, il avait décidé d'étudier en génie mécanique, faisant ainsi le bonheur de son père.

Jean-Louis se lança corps et âme dans la recherche sur la télé transportation. David devait lui avoir raconté au moins cent fois, ce qu'il avait vu de l'appareil et de son fonctionnement. Mais Jean-Louis revenait toujours à la charge avec de petits détails. David et Jean-Louis devinrent également des défenseurs de l'écologie, allant même jusqu'à créer une fondation qui promouvait le recyclage et la récupération à l'échelle planétaire. Après 2 ans d'existence seulement, la fondation avait participé au reboisement de plusieurs espaces verts, à des manifestations contre les coupes à blanc ainsi qu'à l'exploitation des forêts amazoniennes et boréales.

Chapitre 29

L'amour est intemporel

Olivier demanda à Étienne et Alexandre.

— Comme nous sommes maintenant complètement invisibles à tous les systèmes de détection, que diriez-vous de nous trouver une belle île déserte dans les Antilles et de passer le reste de la journée dans les eaux turquoise de l'océan.

— Quelles excellentes idées. Répondit Étienne.

— Super cool ! S'écria Alexandre.

— Je vois que David a laissé sa trace dans ton langage, dit Olivier en riant. Ordi, trouve-nous une île déserte où l'eau est chaude et cristalline.

Les trois hommes passèrent ainsi une partie de la journée sur une plage de sable blanc, à se baigner et à profiter des chauds rayons du soleil, ce qu'ils ne pouvaient plus faire en 2200 sans risquer leurs vies. Alexandre venait tout juste de sortir de l'océan lorsque son père lui demanda.

— Alors qu'est-ce qui est mieux, l'océan dans le jeu holo ou le réel ?

— Aucun jeu artificiel ne peut se comparer à ce que je ressens à l'heure actuelle.

— Je suis heureux de te l'entendre dire.

— Pourtant David prétendait le contraire.

— David n'a jamais perdu la chance de se baigner dans la mer, c'est là… toute la différence. L'être humain ne se rend compte de sa chance que quand il perd quelque chose, sinon il tient tout pour acquis. Il ne voit pas les bienfaits que la nature lui apporte.

— Regarder ! Étienne venait de crier tout en montrant une direction de sa main.

Les deux autres regardèrent dans la direction indiquée. Une centaine de dauphins sautaient hors de l'eau en groupe. Ils nageaient en banc, sautant les vagues à une vitesse incroyable.

— La vie est drôlement faite. Dit alors Alexandre.

— Pourquoi ? Demanda Olivier.

— Lors d'une de nos sorties, David m'a parlé de ces mammifères, je ne savais pas de quoi il parlait, ils me les avaient décrits, ils semblaient tellement importants à ses yeux. Je comprends mieux maintenant que je les vois. Il aurait aimé être ici.

— Je sais ce que tu ressens, il nous manquera à tous. Bon, ce n'est pas tout, nous avons un monde à changer. En passant, ça vous dérangerait beaucoup de revivre 2 semaines de votre vie ?

— Comment ça, deux semaines ? Demandèrent, Étienne et Alexandre.

— Parce que nous allons arriver la même journée que nous avons ramené David chez nous, mais cette fois-ci nous allons sortir de l'Astron par l'arrière. Il n'est pas question que nous soyons sur la liste noire du gouvernement central et que cet énergumène de Tarek soit après nous pour le reste de nos jours. Mentionna Olivier.

— Donc je n'aurai plus mon NSPSS. Dit Étienne. Et toi tu n'auras plus ta petite amie ?

La dernière phrase d'Étienne frappa Olivier comme un coup en plein front. Marianne, en revenant 2 semaines dans le passé et le vaisseau en sens inverse, il n'y aurait plus aucune enquête et ils ne se rencontreront pas.

— Ce n'est pas ma petite amie, comme tu dis et si le destin nous a réunis une fois, il nous réunira une seconde fois.

Il venait de laisser son cerveau parler, mais pas son coeur. Si le destin ne les réunissait pas assez vite, alors il aiderait le destin se disait-il.

— Au moins, nous garderons tous les appareils d'anti détections que tu as inventés. En effet, ce qui se trouvait dans le vaisseau n'était pas affecté par les voyages temporels.

— C'est vrai, tu me fais penser... Il faut absolument se débarrasser des micros avant de retourner chez nous.

Les hommes quittèrent la plage et l'océan à regret et montèrent à bord de l'astronef. Étienne s'occupa des micros qu'il s'assura de détruire. Olivier calcula les coordonnées exactes de l'entrée dans l'Astron et fit entrer le NPSS de reculons, il s'assura d'être suffisamment éloigné de l'Astron puis demanda à l'ordi de lui indiquer le temps exact où il devait éteindre son système de détection ainsi que le système d'invisibilité pour coordonner avec les données de la dernière fois. Cadu lui indiqua ;

— Dans exactement 35 secondes.

Olivier éteignit tous les systèmes qui lui permettaient d'être complètement invisible. Les hommes retournèrent chez Olivier où ils atterrirent sans recevoir aucun appel de la FDZT.

— N'oubliez pas, nous ne sommes jamais allés chez Bomak, la FDZT ne nous a pas réquisitionné le vaisseau pour installer un micro et nous n'avons pas inventé un air conditionné plus évolué. Tout ça ne s'est jamais produit, mentionna Olivier aux deux autres.

Étienne demanda à Olivier, s'il croyait que la situation climatique et atmosphérique avait changé, depuis leur départ, avec la remise du plan du moteur à l'hydrogène à David.

— Il n'y a qu'une seule façon de le vérifier. Cadu ! Donne-nous un état de la situation de la pollution atmosphérique actuelle ? Après avoir écouté Cadu faire son rapport, les 3 hommes apprirent que l'axe de la terre avait été modifié légèrement. Les tremblements de terre, les pluies acides, les tornades et les orages électriques étaient beaucoup moins fréquents qu'auparavant. Le taux d'acidité des océans avait diminué quelque peu, sauf pour la mer Égée qui s'était améliorée au point d'avoir le retour des spongiaires, des échinodermes, des mollusques, des vertébrés ainsi que de la quasi-totalité de la flore marine.

— Je sais maintenant quelle sera ma priorité pour les prochains jours. Il y a sûrement quelque chose qui nous échappe à ce sujet.

Pendant 2 semaines, Olivier et Étienne firent plusieurs recherches sur la cause de ce changement dans la mer d'Égée. Ils effectuèrent plusieurs prélèvements d'algues, analysent d'eau et examinèrent les espèces aquatiques. Alexandre retrouva ses amis avec qui il passa beaucoup plus de temps qu'à l'habitude.

Un soir après le repas, Olivier se mit à penser à Marianne. Le lendemain matin, il se trouvait devant les bureaux de la FDZT. Il se présenta et demanda à parler à un représentant de la fédération en mentionnant qu'il avait une information à leur transmettre. Tarek apparut devant Olivier 2 minutes plus tard. Il se présenta à Olivier et lui demanda ce qu'il pouvait faire pour lui. Olivier se présenta à son tour.

— Olivier Bruneau, dit-il. Le fameux Monsieur Bruneau, celui qui a inventé le téléporteur et le moteur antimatière ?

— Disons que j'ai eu beaucoup d'aide.

— Ne soyez pas si modeste, je sais très bien qui vous êtes et l'apport que vous avez fait pour la planète. Dites-moi M. Bruneau, est-ce que vos recherches sur l'Astron ont donné des résultats jusqu'à présent ?

Olivier eut un moment d'hésitation,

— Je vois que vous faites très bien votre travail commandant. L'Astron demeure toujours un secret pour nous, mais je suis certain que j'arriverai à percer son secret, devrais-je y passer le reste de ma vie !

— Vous savez le gouvernement central porte beaucoup d'espoir sur vous, monsieur Bruneau, moi également. Si jamais vous avez besoin de quelque chose, d'une aide extérieure, de matériel ou autre n'hésitez jamais à faire appel à nous. Mais pour le moment, mon homme m'a parlé d'une découverte sur la mer Égée, que puis-je faire pour vous monsieur Bruneau ?

Olivier pensa, finalement en partant du bon pied, il n'est pas si pire que ça.

— Nous avons découvert que la mer Égée semble s'être complètement rétablie et que la faune et la flore marine également.

— Vraiment ? C'est magnifique mais… Je ne vois pas le rapport avec la fédération de la défense ?

— Nous avons effectué plusieurs tests et nous ne pouvons pas expliquer le phénomène, je pense que les extraterrestres auraient possiblement causé ce rétablissement.

Olivier pensait réellement que leurs voyages dans le passé avaient quelque chose à voir avec cette guérison, mais c'était la seule chose à laquelle il avait pensé pour avoir une raison de venir à la FDZT.

— Qu'est-ce qui vous fait penser que les extraterrestres pourraient avoir quelque chose à faire avec ce changement ?

— Comme je vous l'ai dit, nous n'arrivons pas à l'expliquer scientifiquement et comme il n'y a que la mer Égée qui s'est métamorphosée et aucun autre plan d'eau. C'est soit un miracle, soit une aide extraterrestre, mais la question, si c'est le cas, c'est pourquoi et qui ?

Tarek demeura silencieux tout en observant Olivier.

— Avez-vous un peu de temps devant vous ?

— Absolument. Répondit Olivier.

— J'aimerais vous faire rencontrer le lieutenant Lokman, un de mes meilleurs éléments. Nous allons parler de votre découverte au lieutenant.

Les 2 hommes se dirigèrent donc au bureau de Lokman. Lorsque les deux hommes entrèrent dans le bureau de Lokman, Marianne se releva de son coussin flottant. Un sourire s'afficha dans le visage d'Olivier, il regarda à peine Lokman lorsque celui-ci lui présenta la main. Ce dernier fut aussi chaleureux que la première fois où Olivier l'avait rencontré. Puis Tarek présenta Marianne à Olivier.

— Voici le fameux M. Bruneau, celui même qui a inventé le téléporteur ainsi que le moteur antimatière entre autres choses. Marianne lui sourit en lui serrant la main, elle sentit quelque chose vibrer dans son for intérieur lorsque sa main vint en contact avec la main chaude et puissante d'Olivier.

— Je suis enchantée de pouvoir enfin vous rencontrer monsieur Bruneau, dit-elle d'une voix toute féminine que le lieutenant et Tarek n'avaient encore jamais perçue.

— Je vous en prie, appelez-moi, Olivier. J'ai toujours l'impression d'être une personne âgée lorsqu'on m'appelle monsieur. Tarek expliqua le motif de la visite d'Olivier aux deux autres. Il demanda par la suite au lieutenant Lokman de bien vouloir assigner un membre de son personnel à cette enquête. Marianne s'empressa de mentionner qu'elle pourrait s'en occuper sans problème.

— Très bien, tu peux commencer immédiatement, lui confirma le lieutenant Lokman.

— Venez dans mon bureau Monsi… Euh ! Je veux dire Olivier,
je veux savoir tout ce que vous savez à ce sujet.
Une fois sorti à l'extérieur du bureau de Lokman, Olivier regarda
Marianne et lui dit ;
— Je crois que le mieux serait d'aller voir sur place et de vous
expliquer tout ce que je sais lors de la visite.
Olivier n'ayant eu aucune indication d'appeler Marianne par son
prénom continua à la vouvoyer.
— Je crois que c'est une excellente idée. Allons-y.
C'est ainsi qu'Olivier et Marianne passèrent la journée dans la
mer Égée à regarder les différentes espèces aquatiques et à refaire
plusieurs tests. Marianne posa beaucoup de questions à Olivier sur
sa vie.
— Je me trompe ou vous… Euh ! Je veux dire… Tu étudies
l'Astron actuellement ?
Marianne avait rougi en tutoyant Olivier, ce que ce dernier trouvait
charmant.
— Oui, j'essaie de percer son secret. Mais nous n'avons encore
rien trouvé.
— Nous ?
— Oui, mon collègue Étienne, c'est également mon meilleur
ami.
— Votre conjointe n'est pas jalouse de lui ?
— Ma femme est décédée il y a bientôt 5 ans.
— Je suis désolée, lui dit Marianne. Mais tu ne vas pas me dire
que tu n'as personne d'autre dans ta vie depuis 5 ans ?
— Je n'avais pas le temps avec Alexandre, mon fils qui a
maintenant 16 ans, et mes recherches. De plus, je n'avais trouvé
personne qui m'intéressait.
Lors de sa dernière phrase, Olivier s'aperçut qu'inconsciemment

il n'employait pas de verbe au présent. Il demanda à Marianne si elle avait toujours travaillé pour la fédération.

— Oui, j'adore ce que je fais.

— Vous partagez votre vie avec quelqu'un ?

— Olivier, tu peux m'appeler Marianne. (Olivier connaissait déjà la réponse, mais, comme il voulait qu'elle sache qu'il était intéressé, il devait lui poser.)

— Non, je n'ai personne dans ma vie, elle le regarda droit dans les yeux et ajouta, pour le moment.

Comme il avait envie de l'embrasser, là, maintenant, Marianne dut le ressentir, parce qu'elle rougit de nouveau et détourna le regard. Elle n'avait jamais ressenti une telle attirance pour un homme. Elle se sentait bien près de lui, elle aurait aimé pouvoir figer le temps.

— Comment comptes-tu t'y prendre pour savoir s'il s'agit d'une intervention extraterrestre ?

Marianne en avait oublié la raison de leur venue.

— Je vais vérifier toutes nos données satellites sur les visites de vaisseau effectué au courant de la dernière année à la mer d'Égée. Si effectivement il s'agit d'extraterrestres nous devrions reconnaître le vaisseau et, à quelle civilisation il appartient. Si les résultats sont négatifs, je vais envoyer des messages à toutes les civilisations avec qui nous avons des protocoles d'ententes et leur demander tout simplement s'ils sont au courant de cette situation ? Bien entendu, je vais demander aux experts du gouvernement de venir effectuer des tests ici. Imagine s'ils peuvent découvrir la solution, alors nous pourrions sûrement reproduire le phénomène aux autres grandes étendues d'eau de la planète.

— Je commence à avoir faim, pas toi ? Demanda Olivier.

— Oui, je suis affamée.

— Que dirais-tu de venir souper chez moi, je te présenterais Alexandre mon fils ainsi qu'Étienne.

Marianne hésita, les membres de la fédération ne pouvaient pas avoir aucun contact personnel avec les sujets sur lesquels ils enquêtaient. Mais elle n'enquêtait pas sur Olivier, elle enquêtait sur le phénomène de la mer Égée, pensait-elle.

— J'en serais ravie, lui répondit-elle.

Étienne avisa Alexandre qu'il venait de recevoir un message holo d'Olivier leur mentionnant qu'ils arrivaient avec une invitée de la fédération pour le souper.

— Je crois que ton père a donné un coup de pouce au destin.

— Je ne comprends pas mon père, il sait pourtant bien pour qui elle travaille et les problèmes que cela risque de lui causer.

— Tu comprendras un jour que l'amour est plus fort que tout. Plus fort que la raison, que le temps, que la famille. Ton père n'est pas un idiot, je suis certain qu'il sera très prudent.
Il l'a démontré d'ailleurs lors de leur première rencontre.

— Au moins, elle semble super sympa.

— Je vois que David t'a laissé son drôle de langage.

À cette dernière remarque, Olivier et Marianne entrèrent dans la pièce où se trouvaient les deux hommes. Olivier présenta Alexandre. Marianne lui serra la main et lui dit,

— Wow ! Tu es un beau grand jeune homme.

Elle l'avait déjà conquis, c'était la première fois qu'il entendait cette expression provenant d'une personne de sa génération, elle parlait un peu comme David.

— Voici Étienne.

— Je suis enchantée de vous connaître.

— Olivier a mentionné que vous travaillez pour la fédération ?

— Oui, la FDZT, la Fédération de Défense de la zone terrestre.

Olivier est venu nous voir pour la mer Égée, mais vous devez déjà être au courant.

— Oui bien sûr, nous sommes au courant. Répondit Étienne. Nous travaillons là-dessus depuis 2 semaines.

— C'est génial non ? S'exclama Marianne, cela voudrait dire que nous pourrons dans un avenir prochain aller nous baigner dans l'océan, tout comme nos ancêtres le faisaient.

Tous furent conquis par la vivacité d'esprit et le sens d'humour de Marianne durant le souper.

Pendant plusieurs jours, Olivier et Marianne se fréquentèrent, beaucoup, d'abord pour l'enquête, mais également par plaisir. C'est Marianne qui fit les premiers pas, au grand plaisir d'Olivier. En revenant d'une de leurs nombreuses visites dans la mer d'Égée, elle lui prit tendrement le visage, le fixa droit dans les yeux et l'embrassa langoureusement. J'avais le goût de ce baiser depuis la première fois où je t'ai vue. Lui dit-elle à bout de souffle. Tu ne réponds pas? Olivier l'attira vers lui et l'embrassa de nouveau.

TABLE DES MATIÈRES

Remerciements

Ce projet a débuté suite à une discussion avec mon fils. Je lui expliquais qu'il pouvait accomplir tout ce qu'il voulait dans la vie, pourvu qu'il y mette du temps et de l'effort.

« Pour te le prouver, je vais écrire un livre », lui ai-je dit. 9 années furent nécessaires pour finaliser ce pari que j'avais pris. Je me suis rendu compte qu'à moins de ne faire que cela, l'écriture demande beaucoup de temps et de discipline.

Un merci tout particulier à France Coté ainsi qu'à ma sœur Lili et à son conjoint André pour la correction de ce roman. 9 ans d'école anglaise n'ont pas aidé mon français écrit et j'en suis conscient.

Je remercie ma conjointe des 30 dernières années, Marie, tout d'abord pour ses critiques constructives sur mon roman qui m'ont amené à faire certains changements. Mais surtout pour son amour inconditionnel.

J'espère que vous aurez autant de plaisir à lire ce roman que j'en ai eu à l'écrire.

Je souhaite également que mes enfants retiennent qu'il faut croire en nous et en nos rêves.